双葉文庫

おれは一万石

塩の道

千野隆司

目次

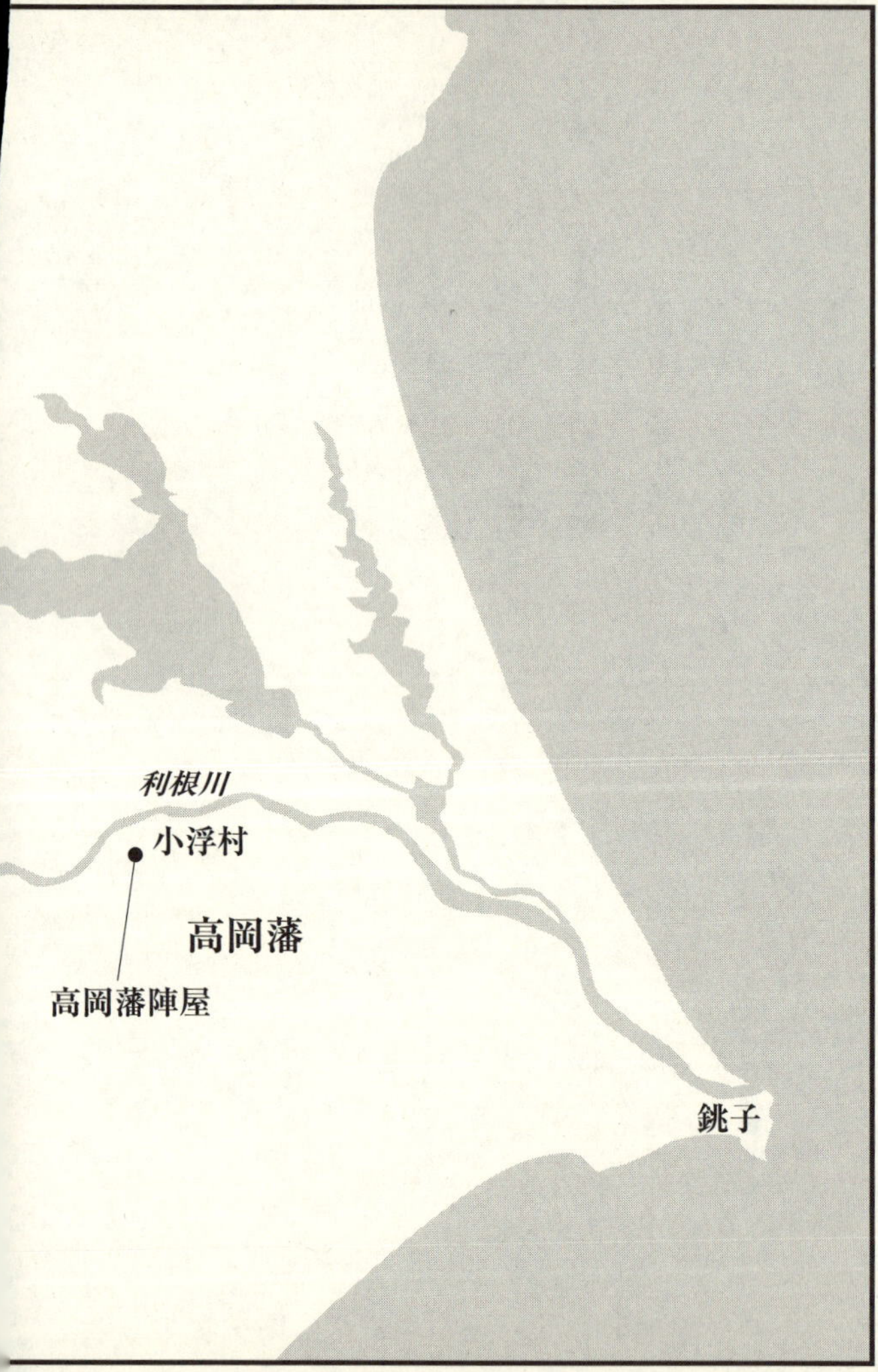

利根川
小浮村
高岡藩
高岡藩陣屋
銚子

↑白沢・柳林・阿久津河岸へ
久保田阿岸
▲筑波山
下妻藩
小貝川
関宿
鬼怒川
牛久
春日部
野田
取手
柏
流山
三郷
木颪
川口
松戸
白井
江戸川
鎌ヶ谷
隅田川
江戸城
行徳
日本橋行徳
新川
小名木川

おもな登場人物

井上（竹腰）正紀……美濃今尾藩竹腰家の次男。
竹腰勝起……正紀の実父。美濃今尾藩の前藩主。
竹腰睦群……美濃今尾藩藩主。正紀の実兄。
山野辺蔵之助……高積み見廻り与力で正紀の親友。
植村仁助……正紀の供侍。今尾藩から高岡藩に移籍。
井上正国……高岡藩藩主。勝起の弟。
京……正国の娘。正紀の妻となる。
児島丙左衛門……高岡藩江戸家老。
佐名木源三郎……高岡藩江戸詰め中老。
園田頼母……高岡藩国家老。下妻藩江戸家老園田次五郎兵衛とは親戚関係。
彦左衛門・申彦……高岡藩小浮村村名主とその息子。
井上正棠……下妻藩藩主。
井上正広……正棠の長男。
園田次五郎兵衛……下妻藩江戸家老。正紀襲撃を指示したかどで内密に切腹。

おれは一万石
塩の道

前章　崩れた樽

夕暮れどき、川面《かわも》はすっかり薄闇に覆われていた。冷たい川風が吹き抜けて、黒くなった日本橋川《にほんばしがわ》の水面が、小さく波打った。

河岸《かし》の道を歩いている人たちは、俯《うつむ》き加減で足早だ。一日が終わろうとしている。早く残りの用を済ませたい小商人や仕事を終えた職人が、道を急いでいた。

舞い落ちた葉を、空の荷車が踏みつけて通り過ぎた。

萬太郎《まんたろう》は南茅場町《みなみかやばちょう》から、霊岸島《れいがんじま》に架かる霊岸橋を渡り終えた。背筋を震わせるような冷たい川風が身に染みて、背中を丸めている。

今日は昼前から、親類知人、商いに関わりのある者の家を廻っていた。しかし良い返事を聞けぬまま、こんな刻限になってしまった。早く店《たな》に帰りたいが、気が重い。他の心当たりは、一つもなかった。

「ああ」

ため息が漏れた。あれこれ考えていると、町の景色も大ざっぱにしか目に入らない。

萬太郎は、下り塩の仲買問屋伊勢《いせ》屋の跡取りである。歳は二十四歳。父の萬蔵《まんぞう》は、そろそろ隠居をしたがっているが、店はそれどころではない状況になっていた。

天明《てんめい》六年（一七八六）も十月になった。伊勢屋には、百両を超す借金がある。その返済期限は月末で、半月後に迫っていた。

赤穂《あこう》を始めとする瀬戸内沿岸で拵えた塩を仕入れて、江戸御府内だけでなく、下総《しもうさ》や常陸《ひたち》、下野《しもつけ》といった国々の地元の問屋や小売りに卸《おろ》していた。広い地域に、顧客を持っていたのである。

しかし荷運びの船頭の裏切りがあって、荷を持ち逃げされた。信用は落としたくなかったので、高値の下り塩を仕入れてその場を凌《しの》いだ。しかし納期に遅れた。値下げすることで対応したが、これが店の痛手になった。正直者の父だから、阿漕《あこぎ》な商いはしていない。

だから利ざやは、もともと薄かった。

霊岸島富島《とみしま》町に間口五間（約九メートル）の店を張って、北関東にそれなりの顧客を持っていても、それなりの身代があったわけではない。これで大きな借金を拵えた。

荷を持ち逃げされた直後、困惑していた萬蔵にすり寄って来た者がいる。金貸しの大和田屋《おおわだ》粂右衛門《くめえもん》だった。三月《みつき》で返す約束で五十両を借りた。高利ではなかったが、三月では状況が好転せず返済ができなかった。返すどころか、さらに借り足さなくてはならない状況に陥った。

新たな約定《やくじょう》で借り直すことになったが、これは驚くほど高利だった。初めの借財を返せない以上、無理な条件でも飲むしかなかった。

利子は利子を産んで、借財はあっという間に百両を超えてしまった。

「何とか、返さなくてはならない」

そう思って、萬太郎はあちらこちら駆けずり回っていた。しかし五両や十両ならばともかく、百両となるとおいそれとは貸してもらえなかった。折も折、今年は冷夏で雨が多かった。東北は飢饉《ききん》で、米は他の地域でも不作だった。

米価は高騰している。その影響で物の値が上がり、金回りはどこも悪い。話を最後まで聞いて貰えず、追い返されることも少なくなかった。

萬太郎は下り塩仲買問屋の商人として、生涯を過ごしてゆく覚悟だ。だから伊勢屋を潰してしまうわけにはいかない。

今日訪ねた相手は、おおむね二回目三回目のところである。あからさまに居留守を使われたり、追い返されたりした。商いが順調だった頃には、慇懃《いんぎん》に揉み手をして向こうから訪ねてきたような者でも、屋台骨が傾くと掌《てのひら》を返すように態度を変える。

「世間とは、こんなものか」

呟《つぶや》きが漏れた。背を丸めて歩く萬太郎を襲ってくるのは、吹き抜ける川風の冷たさだけではなかった。早く帰りたいが、帰りたくもない。がっかりする父親の顔を見るのが、辛かった。

気が付くと、武蔵《むさし》屋という屋号の醤油《しょうゆ》問屋の前を歩いていた。川に面していて船着場が目の前にある。繁昌《はんじょう》している店なのだろう、いつも商いの醤油樽が店の前に積まれてあった。

今日は背の丈以上に積まれている。

仕入れても、すぐに小売りに捌《さば》けるから、いちいち倉庫に入れない。しかし荷の山が道を塞ぐので、苦情が出ることもあった。

ここまで来れば、伊勢屋は目と鼻の先だ。「ふう」と息を吐いて、萬太郎は立ち止まった。積まれた醤油樽のすぐ傍だ。

「はて」

樽の向こうに、足音が聞こえた。何かが樽にぶつかる音がして、積まれた樽が揺れたのが分かった。だが何が起こるのか、すぐには分からない。

誰かが何かを叫んでいるが、それを聞き取ることはできなかった。

積まれた樽が、一気に崩れ落ちてきた。

「ああっ」

逃げようとしたが、どうにもならない。いきなり頭に強い衝撃があって、萬太郎は意識を失った。


崩れ落ちた樽のいくつかは、蓋が取れて醤油があたりに散っていた。地べたに醤油の溜まった場所があって、強いにおいがあたりに漂っている。

そんな中に、萬太郎の遺体が横たわっていた。藁筵《わらむしろ》がかけられている。その周囲に、北町奉行所の定町廻り同心と土地の岡っ引きがいて、武蔵屋の主人や奉公人たちから事情を聞いていた。

他の樽は、すでに片付けられている。近くに篝火《かがりび》が焚かれていた。

萬太郎の父萬蔵と母留《とめ》が話を聞いて駆けつけた。

「ま、萬太郎」

二人は声を上げて、駆け寄った。しかし「待ちな」と、手先の者が止めた。

満杯の樽の角が、頭にぶつかっている。頭蓋が砕けて、見るも無惨な有様だと告げたのだ。

「ひっ」

留が悲鳴を上げた。泣くこともできない。顔を強張らせ、口をぱくぱくさせるだけだ。

萬蔵が、恐る恐る藁筵を捲《まく》った。「うっ」と呻《うめ》き声を上げて、すぐに顔をそむけた。手は藁筵を元に戻している。しばらく体を震わせていたが、ようやく「わっ」と声を上げて泣き崩れた。

そして藁筵の上から、我が子の体を抱きしめた。留も駆け寄り、遺体にしがみついた。

どれほど泣いたか分からない。定町廻り同心に声をかけられ、萬蔵は我に返った。同心は四十代半ばの歳で、岡っ引きは五十歳前後だった。すでに日は落ちている。篝火に照らされた顔は、赤黒く見えた。

「積んであった樽が崩れたのだ。運が悪かった、というしかなさそうだぜ」

岡っ引きが言った。酷薄な響きに聞こえた。

「しょ、醬油樽なんて、か、簡単には、崩れません。き、きっと何者かの仕業です。き、きっちりと、お調べいただきたく、存じます」

萬蔵は縋《すが》り付くような気持ちで訴えた。運が悪かったで、倅《せがれ》の死を済まされてはたまらない。

「では何か、命を狙われるような覚えがあったのか」

これを口にしたのは定町廻り同心だ。ならば事情を言ってみろと、目が告げていた。

「そ、それは……」

ないとは言えない。しかしそれは、確たるものではなかった。

店は傾きかけている。店を奪おうとしている者が、倅を殺したのかもしれない。手放すことを渋っているからだ。萬蔵は、店を倅に譲りたいと思っている。だからこそ、あれこれと手を打っているのだった。

ただ殺されたと、確信があるわけではなかった。だから次の言葉が出なかった。

「武蔵屋とは、なにか諍《いさか》いがあったのか」

定町廻り同心は、そう受け取ったらしい。

「い、いえ。ありません。ま、前を、通り過ぎるだけです」

それは間違いない。恨まれる理由はなかった。

「今、聞き込みをさせている。不審な者がいて、そいつが樽を崩したのならば、誰か見ていた者がいるかもしれねえ」

岡っ引きが、横から口を出した。

「お、お願いいたします。ぜ、ぜひとも、念入りなお調べを」

萬蔵は懇願《こんがん》した。

「分かった分かった」

岡っ引きは手を振った。夜間でも町奉行所の検死があって、これが済んでから遺体を富島町の伊勢屋へ運んだ。留は泣きじゃくっているばかりだった。


岡っ引きの手先は、武蔵屋の周辺で聞き込みを行った。しかし積まれた樽を崩す場面を目撃した者はいなかった。店舗に沿って、樽は積まれていた。崩した者がいたとすれば、建物と積まれた樽の間にいたことになる。

崩してすぐに立ち去ってしまえば、その場面を目にすることは難しい。

数人の破落戸《ごろつき》が、急いで走り過ぎる姿を目にした者はあった。しかしその者たちは土地の者ではなく、特定ができなかった。

また樽は不正な積み上げだったが、武蔵屋に殺意があったとは思われない。萬蔵の訴えは取り上げられず、事故として処理されることになった。

とはいっても醬油問屋武蔵屋の主人太平《たへい》は、不法な高積みをしたことで、死人を出してしまった。何事もなければ口頭の注意で終わりだが、今回はそれでは済まない。牢屋敷へ入れられた。この場合、過去の例からすれば遠島になるのが普通だった。

「とんでもないことになった」

太平は嘆いたが、どうにもならない。店は閉じられ、表戸が針で打ち付けられた。

「いえ、あれは事故ではありません」

この処置に、萬蔵は納得しなかった。町奉行所に再度の嘆願をした。しかし新たに具体的な証拠を提示したわけではなかった。相手にされず、門前払いを喰らわされた。当然定町廻り同心や岡っ引きも、相手にしなかった。萬蔵にしてみれば、泣き寝入りするしかなかった。

ただ町奉行所の役人で、一人だけ事故死を疑問視する者がいた。それが高積見廻り与力の山野辺蔵之助《やまのべくらのすけ》だった。

武蔵屋は、高積の常習だった。倉庫に納められる以上の荷を仕入れて、河岸に積み上げることが多かった。常々、注意をしていたのである。近隣の者ならば誰でも知っていて、苦情を口にする者もあった。

「何者かが、積み上げられた樽を、悪事に利用したのではないか」

その可能性は、否定できなかった。

第一章　塩の中継

一

下総高岡《たかおか》藩主井上正国《いのうえまさくに》の娘京《きよう》と祝言を挙げた正紀《まさのり》は、下谷《したや》広小路にある藩の上屋敷に入った。

美濃国今尾《みののくにいまお》藩三万石藩主竹腰勝起《たけごしかつおき》の実子だが、次男に生まれたので継嗣《けいし》にはなれない。一万石の井上家の婿となったのである。赤坂《あかさか》御門外にある竹腰家上屋敷を出るときには一抹の寂しさもないではなかったが、希望の方が大きかった。

一万石は、大名として遇されるぎりぎりのところにいる。一石でも減封があれば、旗本として扱われる。とはいえ、あえて小藩に飛び込んだ。藩士領民が豊かに暮らせる国にしてやるぞ、という気持ちに満ちていた。それは日々が過ぎても変わらない。

義父となった正国は、実父勝起とは兄弟だ。二人は尾張徳川家《おわりとくがわ》八代宗勝《むねかつ》の十男と八男だ。正紀は実父の弟、つまり叔父の家に、婿に入ったのである。正紀も、尾張徳川家一門の生まれである。もっと大きな藩への婿入りも可能なはずだったが、初めてきた入り婿話に乗った。

「おれは一万石を、もっともっと大きくしてやる」

高岡藩は、男としての自分の出発点だ。藩財政が逼迫《ひっぱく》した小藩でこそ、己の力が発揮できると考えた。

正紀と京の祝言は、一万石の小藩が婿を迎えるというものとしては、盛大に行われた。伯父の尾張藩主徳川宗睦《むねちか》をはじめとして日向延岡《ひゅうがのべおか》藩主内藤政脩《ないとうまさのぶ》といった竹腰家に連なる縁者、そして井上家の本家に当たる浜松《はままつ》藩主正甫《まさもと》など、家格や禄高だけでは考えられない大大名が顔を揃えた。水戸藩主徳川治保《はるもり》や老中に就くことが確実視されている松平定信《まつだいらさだのぶ》の名代も、祝いの品を持って足を運んでいる。

縁の薄い小大名や旗本も、当然集まった。傍系とはいえ尾張徳川一門に属する家の祝言だからだ。

「いや、めでたい。これで高岡藩も、磐石でござろう」

という声が上がった。祝いの膳は、三の膳まであって、さらに鯛の御焼物膳と御吸物膳がついた。祝いの返礼品も、吟味《ぎんみ》したものを用意した。

派手やかに見えた祝言だが、高岡藩井上家にしてみれば大きな支出となった。藩財政が逼迫しているのは分かっていたから、できるだけ質素にと正紀は考えていたが、それにも限界があった。

大名家としての、格式を守ったのである。磐石どころか、高岡藩井上家の台所事情は、さらに追い詰められた。

そして正紀は、井上家の継嗣としての暮らしが始まった。

朝、身支度《みじたく》を調え洗面を済ませたところで、襖《ふすま》が開かれた。

「さあ、仏間へ参りましょうぞ」

京が声をかけてきた。命じるような口ぶりだ。井上家では、一人きりの姫で正紀よりも二つ年上。姉さんぶった物言いは、祝言を挙げる前からあった。

祝言を挙げれば、自分は夫となる。少しは物言いも変わるかと期待したが、相変わらずだった。祝言前には、藩財政が逼迫しているところでも、鼈甲《べっこう》の簪《かんざし》に心が揺れ、銀簪が欲しいと口にした。正紀は藩の状況を伝えたが、どこまで理解したかは分からない。

さすがに近頃は、あからさまに贅沢《ぜいたく》を望むことはなくなったが、折々見せる態度物腰に、小さな不満があった。とはいっても、理不尽な要求をしてくるわけではない。だからなおさら、苦情が言いにくかった。

井上家では、後継ぎとなる夫婦は朝の食事の前に、屋敷内奥にある仏間へ行く。義父となった正国、そして京の母である正室和《かず》と共に、仏壇の前で読経をして、先祖の霊を敬うのが日課になっていた。

「睦まじゅう過ごしておるか」

読経を終えた後、和が声をかけてきた。満足そうな眼差しで、笑顔を向けてくる。

「は、はあ」

仲が悪いわけではない。正紀の方がつねに一歩引いているので、悶着は起こっていない。

京とはもともと、従姉弟《いとこ》の間柄である。共に尾張徳川家の縁続きだから、何度か顔を見かけたことはあった。しかし祝言前に話をしたのは、数度のことである。

高岡屋敷内にある茶室で、茶を点《た》ててくれた。大名育ちの者ならば、多少の手ほどきを受けている。しかし京は、幼少の頃より茶道に気持ちを入れていた。見事な点前《てまえ》をするが、それだけではない。茶器の目利きもした。

尾張家には、見事な茶道具が揃っている。それらを見て、目を肥やしてきた。京は自分の茶事に関する技能や知識に、誇りを持っている。その点については、口出しを許さないところがあった。夫婦で茶の湯の席に出ると、京は正紀に細かい口出しをしてくる。それも厄介だった。

「正紀様のお陰で、高岡村や小浮《こぶけ》村は水害を免れることができました」

と京は、たまに口にする。

財政逼迫していた高岡藩は、堤普請《ふしん》のための杭二千本を調達することができなかった。実はあったのだが、祝言のための費《つい》えとして出さなかった。正紀は伯父である尾張藩主徳川宗睦の助力を得て杭を調達し、利根《とね》川の堤普請を行った。

京はその功績を認めてはいるらしい。しかしそれはそれ、という考えのようだ。上から見下ろすような口ぶりは変わらない。

当初は、国許《くにもと》のことは国許に任せればいいと口にしていた。しかし堤普請の一件以来、それを言わなくなった。

季節は晩秋の気配を見せ始めている。仏間を出た正紀と京は、庭に面した後継ぎ夫婦が使う一角に足を向ける。

「庭の木々も、少しずつ色づいてきましたね」

「おお、そうだな」

京の指差した先に、正紀は目を向けた。庭の手入れは、屋敷の中間《ちゅうげん》がしていて、行き届いている。その樹木の一部が、紅葉し始めていた。

するとそこに、キューキッ、キューキッと鳥の鳴き声が聞こえた。二人で、声のした方を見た。全身に斑点《はんてん》がある黒褐色の小鳥だ。

「椋鳥《むくどり》だな」

正紀が言うと、京は冷ややかな眼差しを向けた。

「違います。大きさは同じくらいでも、あれは鶫《つぐみ》です。椋鳥はあのような鳴き方はいたしませぬ。そもそも全身に、あんな斑点はありません。お気をつけなさいまし。他所《よそ》でお口になさいますと、恥をかきます」

「そ、そうか」

「はい。あの鳥が飛んでくると、いよいよ秋も終わりになります」

言いたいだけのことを口にすると、行ってしまった。

「ふうむ」

たいしたことでもないのに、一方的な物言いが面白くない。縁側に腰を下ろして、少しの間庭の草木を眺めた。鶫の鳴き声にも耳を傾けた。深く息を吸うと、深まった秋の空気が胸を満たして、いく分気持ちが晴れた。

朝食を済ませると、正紀は正国の御座の間へ向かった。

正国は二年前から大坂定番《おおさかじようばん》を務めているが、この数か月は参府ということで江戸にいた。再び大坂へ赴《おもむ》く前に、婿を取りたいとの気持ちがあったと、話が決まってから兄群睦《むらむつ》から聞いた。

正国が大坂へ発《た》てば、江戸に残る正紀が、藩主の代行となる。そのためにも、藩政に通じておく必要があった。そこで、隔日の朝に行われる重臣との打ち合わせに、正紀も顔出しをするように命じられた。城内であった出来事や、国許の様子が伝えられる。

国許からは、国家老園田頼母《そのだたのも》を始めとして蔵奉行河島一郎太《かわしまいちろうた》や各組頭から報告が届く。藩士が出府してきたときは、その報告を受ける。また藩の、各方面での今後の方針を話し合った。

「ご無礼つかまつります」

正紀はそう告げて、御座の間に入った。床の間を背にして正国が座り、その前に江戸家老の児島丙左衛門《こじまへいざえもん》と中老の佐名木源三郎《さなきげんざぶろう》が控えていた。

児島は五十一歳で小太り、狸面《たぬきづら》で上に対しては愛想《あいそう》がいい。話も調子よく合わせるが、己が責任を取ることはしない。もっともらしい理由をつけて、人のせいにする。うまくいったときだけ、己の功績にした。

佐名木は四十七歳、浅黒い顔で精悍な眼差しをしている。児島と違って、にこりともしない。口にすることも遠慮がなく、正紀の痛いところを突いてきた。藩を守るためには打算的な考え方や動きもするが、言ったことについては必ず実行する。煙たい相手だが、信頼はできた。国許の堤普請では、大いに助けられた。

児島も佐名木も、井上家譜代の家臣で、本家浜松藩や共に分家の下妻《しもつま》藩には、縁戚の者や多数の知人を持っていた。

今日はこの席に、江戸へ出てきた河島の姿もあった。正紀が着座して、出席者の顔が揃った。

「先の八月二十五日、家治《いえはる》様が亡くなられた。そこで後ろ盾をなくされた田沼意次さまも、二日後には老中職を降ろされた。いよいよ時代が変わる」

まず口を開いたのは、正国だ。一同は神妙に頷《うなず》いている。

将軍には家斉《いえなり》公が就いた。後任の老中には、御三家が推す松平定信がなると、尾張家から伝えられている。

「田沼様も、こうなると身動きが取れぬ。近く禄のうち二万石が没収されるようだ」

「権勢を振るわれた方も、こうなると形無《かたな》しですな」

どこか他人事《ひとごと》といった口調で、児島が応じた。

「おそらくはこの後も、次々と領地は召し上げられよう。果ては一万石ほどになるだろうという話だ」

児島の言葉には乗らず、正国は続けた。

「どのような時勢になろうと、当家は当家として、守るべきものを守らねばなりませぬ」

佐名木が口にすると、正国と河島が頷いた。もちろん正紀も同感だ。小藩とはいえ、何が起こるか分からない。権勢を誇った田沼家が、このような憂《う》き目に遭おうとは、半年前には予想もしなかった。

政局は揺れている。

「そこで今年の収税と藩士の禄米についてでござるが」

佐名木が話題を変えた。一同は、年貢の徴収を任とする蔵奉行の河島に目を向けた。検見《けみ》の後、稲の刈入れが行われ、年貢の徴収も終わっている。その報告をするために、河島は江戸へ出てきていた。

東北は、昨年に続いての大凶作。飢饉といっていい状況になっていた。逃散して江戸へ出てくる無宿者は後を絶たない。

高岡藩も、不作といっていい状況で収穫を終えた。しかし堤普請の効果もあって、大きな水害を被ることはなかった。平年の七割程度の収穫ができたのである。その報告は、すでになされていた。

「昨年までとした、藩士からの二割の借上《かりあげ》を今年も続けねばならぬと存じまする」

二割の借上とは、藩士の給料である禄米を藩が二割借りるという意味である。借りるという形ではあっても、現実的には後日返されることはなかった。平たく言えば、二割の減俸に他ならない。

「それでなければ、藩財政が回らぬわけだな。仕方があるまい」

児島が、苦々しい顔で応じた。高岡藩では児島と国許の園田が最も高禄だ。減らされる禄米の量も多くなる。佐名木も反対はしなかった。

「では、そういたそう」

正国が応じた。これで二割の借上は、決定となった。国許の園田も反対はしなかったという話だった。

「何とか、いたさねばなりませぬな」

藩財政の増収を目指さねばなるまいと、正紀は提案したのである。

「うむ。五公五民といたそうではないか」

と言ったのは、児島だった。百姓の負担を増やそうという提案だ。

正国と佐名木は渋い顔をした。正紀も、それは避けねばならぬという気持ちだ。

「あの小高い丘を崩して、田にすることはできませぬか」

新田開発は、これまでもおこなってきた。しかし高岡は、開発できる土地は利根川べりの土手だけで、上手くいっていなかった。

高岡は谷戸《やと》と呼ばれる地形で、小高い丘が点在している。そこを使えないかと申し出たのである。

「丘とはいえ、崩すとなればとんでもない手間がかかります。その割に開ける土地は、わずかなものでござる。これまでも何度か試みましたが、うまくいきませなんだ」

河島が応じた。

「では高岡の河岸場を、どこぞに貸せぬであろうか。便宜を図れば、運上金や冥加《みようが》金を得られるぞ」

これは思いつきだが、言ってみて悪い手ではないと感じた。利根川には、幾多の荷船が各地の産物や生活物資を運んでいる。高岡を中継地点にすれば河岸が栄えるという考えだ。

百姓を困らせることもない。茶店でも拵えさせれば、村に金が落ちる。旅籠《はたご》でもできればなおさら村は潤う。

「あそこには、何棟かの納屋があったではないか」

「いかにも。ただあれは、戸川《とがわ》屋と申す船問屋のものにて、すでに立ち寄る船の荷を入れておりまする。その運上金はすでに取り立てております」

河島が返してきた。

「いや、増やせばよいのだ。量が増えれば、河岸場は賑わう」

「それはそうでござるが、使いたいという商人がおりませぬ。それでは話になりますまい」

そう口にしたのは児島だった。

これまでも、藩ではいろいろと取り組みをしてきていた。手をこまねいていたわけではないことを、正紀は知らされた。

二

下り塩の仲買問屋伊勢屋の跡取り萬太郎が、崩れた醬油樽を頭に受けて亡くなった件について、高積見廻り方与力の山野辺は調べを続けていた。

事があったのは霊岸島南新堀町《みなみにいぼり》の河岸道である。定町廻り同心や土地の岡っ引きは、表通りの商家や木戸番などには聞き込みを済ませていたので、山野辺は裏店住《うらだな》まいの者や、折々通りかかる振り売りや商家の小僧などに聞き込みをした。

しかしここでも、樽の崩落と萬太郎が倒れるさまを終始見ていた者はいなかった。

現場から走り去った破落戸がいたことについても合わせて聞いたが、特定はできなかった。そもそも破落戸が通りかかるなど、珍しい話ではなかった。

ただ定町廻り同心や土地の岡っ引きは、町奉行所がこの件を事故として処理した時点で探索を終わりにしていた。面倒なだけの調べなど、やる気がなかった。

「おれは違う。不審なことは、暴いてやるぞ」

亡くなった父の跡を継いで北町奉行所の与力になったのは、夏の頃である。まだ半年にもならない。不正は許さぬと意気込んでいた。

そこで山野辺は、伊勢屋の敷居を跨いだ。萬蔵と対面したのである。

萬蔵は、呆けたような顔で、帳場格子に座っていた。

下り塩商いが中心だが、商っているのはそれだけではない。西国からの乾物や味噌醤油なども置かれていた。

ただ客はおらず、閑散としている。使える番頭や手代は、店の行く末を見越してすでに店を出てしまったらしい。残っているのは老いた行き場のない番頭と、気の利かなそうな小僧二人がいるだけだった。

つい一年くらい前までは、下り塩の仲買問屋として、活気のある商いをしていた。それがみるみる勢いが衰えて、いつ店をたたんでもおかしくない状況になった。柄の悪い借金取りが、返済の催促にやってくる。周辺の者は、憐れみの目をこめて伊勢屋を見ていた。

「どのようなご用件で」

萬蔵は、気持ちのこもらない顔を向けてきた。

「醬油樽は売りものだ。そういい加減に積んではいなかったはずだ。にもかかわらず崩れ落ちたのは、何か裏があったとも考えられる。店の細かな事情を聞かせてもらいたい」

山野辺は萬蔵に問いかけた。

「ま、まことに、お調べをいただけるのでございますか」

萬蔵は、目を丸くして山野辺を見上げた。

「いかにも。思い当たることを、包み隠さず申してみよ」

聞いて埒《らち》もないものなら、捨て置けばいい。ともあれ、話を聞かなくては始まらない。

「伊勢屋は、ご覧の通り商いが傾いております。これは、私どもが怠けたからではありません」

山野辺は、上がり框《がまち》に腰を下ろして話を聞いた。「長くなりますよ」と告げられたが、それは気にしない。

「事の始めは、一年前にさかのぼります。うちでは、西国から仕入れた塩を、江戸だけで売るわけではありません。代々塩の商いをしてきましたので、常陸には多くの顧客がおります」

塩は、暮らしになくてはならない品だ。だから必ず売れるだろう。しかし塩商いの実際について、山野辺はほとんど知らなかった。

赤穂など瀬戸内海沿岸から樽廻船などで運ばれる下り塩と、下総行徳《ぎょうとく》や川崎《かわさき》宿に近い大師《だいし》河原《がわら》塩があるというぐらいしか分からない。

「下り塩の仲買問屋は、西国から仕入れた塩を江戸だけでは売りませぬ。さらに荷船を仕立てて、下総や常陸、上野《こうずけ》や下野へと運んで商いをいたします。我が店は常陸に顧客がおりますので、弁才船に積んで塩俵《しおだわら》を運びました。五百俵、千俵といった量を運ぶこともありました」

「ほう」

「しかし一年前に、持ち船のある杵造《きねぞう》という船頭から、話を持ち掛けられました。それまでは行徳河岸にある船問屋に輸送を頼んでいましたが、杵造は半額で運ぶと申しました。三十代半ばの者で、誠実そうにも見えましたし、費えを惜しむ気持ちもありました」

そこで試しにということで、一度だけやらせてみることにした。ところが杵造は、二百五十俵の塩を船に積んだまま姿を消してしまった。

伊勢屋では、五日後になって、いつも荷を置いている取手《とりで》の河岸にある納屋から、塩が届かないという知らせを受けた。

そこでようやく塩が持ち逃げされたことに気付いた。

萬蔵は慌てた。納期を守らなければ、長年の付き合いがある土地の問屋から信頼を失う。それはできないから、必死で下り塩を集めた。しかしすぐには手に入らなかった。二百五十俵といえば大量だ。右から左というわけにはいかない。もちろんあるところにはあったが、足元を見られた。

高値を吹っ掛けられたのである。

しかし買わないわけにはいかなかった。これに、新たな運び賃がかかった。急ぎの仕事だから、これも割高になった。荷入れ荷下ろしにかかる人足の手間賃も余分に掛かった。

手持ちの資金が、四十両足りなくなった。そこで大和田屋粂右衛門という金貸しから金を借りて賄った。常陸の顧客に対する、商人としての信頼は守られたのである。

「その四十両は、高利だったのか」

「いえ、そうではありませんでした。それならば、借りたりはいたしません」

貸付期限は、三か月の約束だった。しかしそれ以外にも、他に物入りがあって支出が多かった。返済はできなかったのである。

「大和田屋からの借入れは、継続となりました。しかしそれが、あの者の罠《わな》でございました。三月を過ぎた後の借入れは、とんでもない高利になっていたのでございます」

「しかし返せぬ以上、借り続けなければならなかったわけだな」

「さ、さようでございます」

借入金額は瞬《また》く間に膨らんで、元利合わせて百両を超してしまった。そして返済の期限が半月後の十月末に迫ってきていたのである。

返済できなければ、店を明け渡さなければならない。さらに仕入れ先と得意先までも譲らなくてはならないと、借用書には付記されていた。

初めはそうした条件など気にもしなかった。しかしそれが今になって、伊勢屋の首を絞めてきた。

「今になって思えば、最初の低利は、その企みがあってこそのものだったのです」

萬蔵は、悔しそうに唇をかみしめた。初めはいかにも親身なふうを装って、条右衛門は近づいてきた。しかし三月たったときには、酷薄な高利貸しとして店を奪い取ろうとしていた。

「親戚筋は、助けてくれなかったのか」

「五両十両ならともかく、百両でございます。初め大和田屋は猫を被っていましたが、実は乱暴で悪評高い者だと分かり、皆が関わるのを嫌がりました。親戚なんて、他人よりもひどいものでございます」

「なるほど。それで萬太郎は、金を借りるために歩き回っていたわけだな」

「はい。でも駄目でございました。それでも倅は、藁にも縋るつもりで出かけて行ったのでございます」

萬蔵はここで、声を震わせた。倅を亡くした悲しみが、ぶり返してきたらしかった。

「しかしそれならば、萬太郎が殺されることはないのではないか」

山野辺は、頭に浮かんだ疑問を口にした。萬太郎の金策が失敗すれば、目論見《もくろみ》どおり店を手中にできる。

「いえ、話はそれだけではございません」

萬蔵は目に浮かんだ涙を、袂《たもと》で拭った。

「実は、借金の肩代わりをしようと言う者が出てきたのです」

「ならば、良いではないか」

山野辺にしてみれば、渡りに船ではないかと感じる。

「そうではありません。身包《みぐる》み剝《は》いで取り上げようというものです」

また声を震わせたが、それは怒りが込み上げたからのようだ。

「ほう」

「肩代わりをしようという裏には、私どもが素っ裸でここから出て行くという意味が含まれております。それではこの先、身動きが取れません。これも私どもの足元を見て持ち込まれた話でございます」

「…………」

「萬太郎は、それだけは避けたいと考えていました。私も女房も同じです。もっとよい条件で引き取ってくださる方があるならば、その方に譲りたいのです。そして萬太郎を、そこで使っていただきたいと、願っております。親が申しますのは何でございますが、あれは塩商人としては一人前でございます。他の店に行っても、使える者でございます」

言い終えた萬蔵は、そこでふうと、大きな溜息を吐《つ》いた。肩を丸めている。湧き上がった怒りだが、それも話しているうちに消えてしまったようだった。

気力の失せた、小さな体の老人が蹲《うずくま》っている、そういう印象だ。倅を失い、さらに店まで失おうとしている。

「まあ、仕方がありません。どうにもならなくなったら、そやつに店を譲り渡すしかありません」

「その肩代わりをしようというのは、何者か」

「それは、日本橋箱崎《にほんばしはこざき》町の下り塩仲買問屋の、都倉屋藤左衛門《とくらやとうざえもん》です。うちの商売敵《しょうばいがたき》でございます」

いかにも悔しそうな言い方だった。また溜息を吐いた。

気持ちが弱っている。返済期限も迫っていた。なすべがないといった弱気な姿だ。

逃げた船頭杵造の行方も探ったが、見つけることはできなかった。

「その方は、萬太郎が亡くなったのは事故ではなく、殺されたのだと申した。それは、都倉屋の仕業ではないかと踏んだからではないか」

山野辺が口にすると、萬蔵はびくりとして目を向けた。そして身を乗り出した。

「さ、さようでございます」

掠《かす》れたような声で、萬蔵は応じた。目をぱちくりさせている。

都倉屋が仕入れと販路を広げたいと狙っていれば、伊勢屋はぜひにも手に入れたい存在だ。

「しかし証拠はない。都倉屋は、その方をあきらめさせようとした。立ち直ろうとする気力を奪ってな」

「は、はい。萬太郎も、もっとよい約定で譲れる先を探しておりました」

もっとも、これは萬蔵の、勝手な思い込みに過ぎない。それは自身でも分かっているから、定町廻り同心や岡っ引きには、都倉屋の名を出せなかった。

「となると、都倉屋か大和田屋が、この店を手に入れるわけだな」

「はあ。私にはもう一人、倅がおります。次男で萬次郎《まんじろう》という者でございます。深川《ふかがわ》の醬油問屋で手代をしております。萬次郎に借財を残して、迷惑をかけることはできません。仕方がないことだと、今ではあきらめています」

大きな溜息になった。

「都倉屋と大和田屋が組んでいるとは、考えられぬか」

わずかにどきりとした顔になったが、「さあ」と萬蔵は呟いただけだった。

萬蔵の話を聞き終えて、金貸しと塩仲買問屋が組んでいるかどうかは別として、萬太郎の死に殺害の可能性が、まだ残っていると山野辺は感じた。

三

伊勢屋を出た山野辺は、箱崎町にある下り塩仲買問屋都倉屋の前に行ってみた。箱崎川の河岸にあって、対岸は小網《こあみ》町三丁目で、川に面したあたりは俗に行徳河岸と呼ばれている。

下総行徳からの塩船が到着する場所だからだ。霊岸島やこのあたりには、塩を商う問屋が多数あった。

都倉屋の間口は五間、店の脇に蔵もある。建物には、老舗《しにせ》と言っていい風格が感じられた。

店脇の蔵は戸が開いていて、塩俵が積まれているのが道から見えた。小僧が、通りに置かれた荷車に、俵を運んでいる。動きはきびきびしていた。手代が声を上げて、数を検《あらた》めている。

店を出入りする人の姿も少なくない。活気のある店に見えた。

西国からの下り塩は、俵で運ばれてくる。しかし行徳などの江戸の湾岸から運ばれてくる地廻り塩は、笊《ざる》で運ばれた。したがって俵か笊かで、山野辺のような素人でも、産地がどこか区別ができた。

地廻り塩問屋を下り塩仲買問屋と区別するために、笊塩問屋と呼ばれることがあるのはそのためだ。

行徳河岸には、笊で運ばれた塩が積まれている。

山野辺は、同じ町内でも少し離れた場所にある下り塩仲買問屋の暖簾《のれん》を潜《くぐ》った。河岸の積荷のことで、前に中年の鼠顔《ねずみがお》をした番頭と話をしたことがある。知らない相手ではなかった。

「伊勢屋が身動き取れなくなっていて、それに手を出そうとしている問屋があるという話を耳にしているか」

はっきりしたことを聞かなくては意味がないので、山野辺は直截《ちょくせつ》な問いかけをした。

「ええ。詳しい事情は分かりませんが、同業の中では噂《うわさ》になっています。都倉屋さんですね」

向こうから屋号を口にした。公然の秘密になっているらしい。

「不正なことをして、手に入れようとしているのか」

「さあ、裏で何があるかは分かりませんが、手を伸ばそうとしているのは確かだと思いますよ。うちだって、仕入れ先や卸先が増えるのは嬉しいですから」

ただし先立つものがないからできないと笑った。

「同業の者から見て、都倉屋の商いはどうか」

「勢いはありますよ。粂右衛門さんはなかなかのやり手です」

「強引なことも、やりそうだな」

「それはあるでしょう。商いですから、ここぞと思ったところでは、強く出るのは当然でしょう」

都倉屋には、弥七《やしち》という三十七歳になる番頭がいる。これも抜け目のない男だと言い足した。山野辺も、顔だけは見たことがある。

「では伊勢屋の塩を持ち逃げした船頭で、杵造という者を知っているか」

「うちで使ったことはありませんが、名は聞いています。顔も覚えていますよ」

「どのような者か」

「どこかの船問屋に雇われていた者ではありません。古船を持っていて、河岸に店を持つ船問屋よりも安値で荷運びを引き受けていました」

ただ荷が遅れたり、荷を積みすぎ水を被ったり落としたりということがあって、評判はよくなかったという。

「でも荷ごと姿をくらましたのは初めてですから、驚きましたね」

そこまでするとは思っていなかった、ということだろう。

「杵造と親しくしていた者は誰だ」

「親しいかどうかは分かりませんが、一緒に酒を飲んでいた者が、船頭仲間や荷運び人足の中にいるんじゃないですかね」

大和田屋について聞いてみたが、これについては知らなかった。

対岸の行徳河岸に、塩船が着いた。笊に載せられた塩が、人足たちの手によって陸揚げされている。その掛け声が聞こえてきた。

仕入れたのは地廻り塩問屋だ。下り塩仲買問屋は関わらない。

そもそも行徳の塩は、徳川家の政策として開発されたと山野辺は聞いている。瀬戸《せと》内海《ないかい》には良質な塩が生産される場所がいくつもあり、それは大量に消費地である江戸へ運ばれてきた。しかし一度戦《いくさ》が起これば、瀬戸内《せとうち》の塩は江戸に入らなくなる。塩がなくては、人は生きていけない。徳川家は戦略的な意味で、行徳塩田や川崎の大師河原塩田を後押しした。

そこまでは知っているが、塩商いの実際について、山野辺には知識がない。しかし萬太郎の死の謎を解くには、塩商いの実態が関わってきそうだった。

幸い他に客はいない。そこで塩商いのあらましを、尋ねてみた。

「そりゃあ、お安い御用で」

番頭は頷いた。小僧に言って、茶を振る舞ってくれたのはありがたかった。

「そもそも江戸には、どれくらいの塩が入津《にゅうしん》してきているかご存知ですか」

「さあ」

ものすごい量だろうとは察するが、具体的なことは見当もつかない。

「西国から江戸へ運ばれる塩の量は、年にもよりますがおよそ四十八万石です。そして行徳や大師河原などの塩の量は、一笊を三升として計算すると五千石ほどになります」

「下り塩の方が、格段に多いわけだな」

「そうです。人ひとりがおおよそ一年間に使う塩の量を一斗として数えますと、二百万人分となります」

塩は舐めたり、調味料として使ったりするだけではない。漬物などにも使うし、盛り塩やお清めなどにも利用する。個人だけではなく、蒲鉾《かまぼこ》や竹輪の生産者も大量に仕入れる。

「それにしても二百万人分とは、たいへんな量だな」

「はい。ですから下り塩問屋は、江戸以外の下総や常陸、上野や下野でも売らなくてはなりません」

地廻り塩問屋は、江戸を中心に売る。それ以外の地域では、商圏に限りがあった。幕府は江戸での販売には庇護を与えたが、他の地域へ売ることを制限したのである。あくまでも江戸の防衛に重きを置いていた。

「なるほど、だから下り塩仲買問屋は、常陸や下野、上野での売り先を大事にするわけだな」

「さようでございます」

商いを大きくしたい都倉屋にとっては、伊勢屋は格好の狙い目だ。

そもそも下り塩問屋は江戸には四軒しかない。その四軒が西国で仕入れ、下り塩が江戸へ運ばれる。そしてこの塩を、八十の仲買問屋が買い入れた。

「うちも伊勢屋さんも、都倉屋さんも塩仲買の一つです。問屋には、口銭を払うことになります」

仲買問屋は、塩だけを商うわけではない。醬油や酢を併せて売る店が多かった。

「輸送のための船を持っている店もあります」

都倉屋などがそうだという。

「下野や上野へは、江戸川を使ってまず関宿《せきやど》まで運びます。その先も利根川やその支流ですから、船は欠かせません。常陸の場合は、関宿から利根川を下る道筋もありますが、行徳から陸路利根川沿いの木颪《きおろし》まで行って、そこから船で鬼怒《きぬ》川や小貝《こかい》川、霞《かすみ》ケ浦《うら》や北浦《きたうら》に出る経路もあります。どこの土地でも、塩は必需の品です」

「大まかなところは、分かったぞ」

山野辺は頷いた。

都倉屋が、本気で伊勢屋を手に入れたいと考えているならば、手荒なこともしないとは限らない。萬蔵の気力を剝ぎ取るために、萬太郎を事故に見せかけて亡き者にするという企みだ。

「いや、世話になった」

山野辺は、話を聞いた仲買問屋を出た。そのまま近くの船着場へ行って、一休みしている船頭や荷運び人足に問いかけた。

船頭のうち三人に一人くらいは、杵造のことを知っていた。

「あいつは仕事熱心だったが、飲む打つ買うの三道楽でしてね、年中金に困っていやした。伊勢屋さんの荷を持ち逃げしたときは、とうとうやりやがったと思いましたよ」

と告げた者がいた。

「ではそのときは、金に困っていたのだな」

「詳しいことは知りませんがね、博奕《ばくち》で大きな借りを拵えていたら、何でもやるでしょうね」

その船頭は、そう返答した。

他の者からの話でも、杵造の遊び好きは間違いないようだ。

「杵造は、都倉屋との関わりはなかったか」

「さあ、そこのところは知りやせんね」

もし関係があったとなると、都倉屋が伊勢屋を追いつめたという筋書きが浮かんでくる。

そして七、八人目に、初老の船頭に問いかけた。赤銅《しゃくどう》色に日焼けした、皺《しわ》の多い顔をした男だった。

「都倉屋の番頭さんと、酒を飲んでいるのを見かけたことがありますぜ。あれは南茅場町の高そうな小料理屋だったな。うまいことしやがって、と思ったから覚えているんだ」

「な、何を話していたのだ」

ついい、意気込んでしまった。

「あっしは、店の前を通って見かけただけでさ。何を話していたかなんて、分かるはずがねえ」

と応じられた。

そこで山野辺は、その小料理屋へ行き、居合わせた店のおかみに問いかけた。

「都倉屋の弥七さんならば、たまにお出でになりますよ。でもねえ、一年も前に誰と来たかなんてことまでは、覚えちゃいませんよ」

そう応じられて、返す言葉がなかった。ただ杵造と弥七が関わりがなかったとは、断言できない。探索は続けなくてはならない。

四

正紀は、久しぶりに麴町《こうじまち》にある神道無念流《しんとうむねん》戸賀崎暉芳《とがさきてるよし》の道場へ稽古に行った。物心ついたときからこの道場へ通い、免許を得た。

井上家に婿に入っても通い続けるつもりでいたが、なかなか機会がなかった。やっと都合をつけたのである。そこには、山野辺蔵之助の姿もあった。

「おお、珍しいではないか」

夏ごろまで、二人は毎日のように稽古をしていた。同い歳で、幼い頃からの剣友である。身分の違いはあったが、おれとおまえの仲で過ごしてきた。

互いに多忙になり、たまたま稽古に来られても、すれ違いが多かった。

「一手、手合わせをいたそう」

「おう」

稽古試合を行った。十本やって、五本ずつを取った。

「もう一つやろうか」

正紀が言ったが、山野辺は首を横に振った。

「いや、このままの方がよかろう」

「それはそうだ」

二人は笑いあった。その後で、近況報告をしあった。

正紀は、高岡の堤普請のときには、山野辺に手助けをしてもらったが、その後は京との祝言の折に会ったきりだった。

「うまくいっているか」

「ま、まあな」

姉さんぶった態度に振り回されているとは、とても言えない。そこで高岡藩の米の出来具合について話をした。

「そちらはどうか。町では、様々な出来事が起こっているのではないか」

「まあ、そうだが」

ここで山野辺は、伊勢屋という下り塩仲買問屋の倅が崩れた樽の下敷きになって亡くなった話をした。調べの詳細についても伝えた。

藩の財政逼迫をどうするか、そんなことばかり考えていた正紀にしてみれば、刺激のある話だった。町奉行所が幕引きした案件を、それでも探ろうとしているのは、納得しなければ終わらせない山野辺らしい気質だ。

そうした気質は自分にもある。だから気が合った。

「これからどうするのだ」

「都倉屋や番頭弥七について、もう少し調べてみようと思っている」

「ならば、おれも同道してもよいか。邪魔《じゃま》はせぬぞ」

今日は、夕方まで用事がない。付き合ってみたかった。

「それはかまわぬ」

それで、箱﨑町まで出向くことにした。門脇の控え所には、供侍としてついてきた植村仁助《うえむらにすけ》が控えている。三人での同行だ。

植村は二十一歳、元は禄三十五俵の今尾藩士だったが、正紀に従って同禄で高岡藩士となった。何年か前に、植村は藩邸内でしくじりを犯した。腹を切らされるところを、正紀の嘆願で救われた。それを恩に感じて、正紀のために尽くしている。

剣術は駄目だが巨漢で、膂力《りょりょく》だけは桁外れにある。

「こうして三人で歩けるのは、嬉しいな」

以前は稽古の後、三人で盛り場へも足を伸ばしたこともあった。山野辺は、植村との再会も喜んだ。

「うむ、これは勢いのありそうな店だな」

三人は都倉屋の店の前に立った。今日も塩俵と醬油樽を積んだ荷車が、どこかへ出かけようとしている。手代が何か告げると、小僧は「へい」と大きな声で返事をした。

「伊勢屋も見ておこうではないか」

ということで、そちらへも足を向けた。目と鼻の先にある。

「確かに、どこか埃臭《ほこりくさ》い気がしますな」

店の様子を目にして、植村が漏らした。人の気配は全くない。洗いざらしの藍暖簾《あい》が、風に揺れているだけだ。

店前の道端に、落ち葉や木屑《きくず》が転がっている。掃除は行き届いていなかった。

「これは正紀様ではありませんか」

いきなり声をかけられた。白髪《しらが》で頰骨の出たうりざね顔、絹物を身につけた六十歳前後の老人だ。大店《おおだな》の主人といった気配で、三十代半ばの番頭ふうと小僧を供に連れていた。

正紀は、一瞬誰かと驚いたが、すぐに思い出した。

「行徳の長兵衛《ちょうべえ》だな」

高岡での堤普請が済んだ帰路、木颪へ行く船の中で知り合った。船中で具合が悪くなった女房お咲《さき》に、正紀は京から貰った丸薬を与えた。それで具合が良くなったのである。木颪河岸で破落戸に絡まれたこともあって、警護を兼ねて共に行徳まで戻った。怪我をした青山《あおやま》という高岡藩士の手当てと養生をさせてもらった。

行徳の地廻り塩の産地問屋桜井《さくらい》屋の隠居である。番頭ふうの者も、佐吉《さきち》という名だったと思い出した。

あのとき長兵衛夫婦は、香取《かとり》神宮や鹿島《かしま》神宮など、関東三社のお参りをしての帰りだった。

「婚儀の際には、祝いの品を貰った。礼を申す」

「いやいや、おめでとうございます」

正紀が井上家に婿入りしたとき、どこかで聞いたらしく、四斗樽の下り酒を贈ってきた。すでに礼状は出していたが、会ったからには言葉で告げなくてはなるまいと思った。

「あの折には、お世話になりました」

長兵衛は改めて口にし、植村にも頭を下げた。あのときは植村も同道していた。

「しかし、どうしてここに」

長兵衛は、行徳河岸に間口六間（約十一メートル）の店を構えている。自ら塩船を持って、地廻り塩を運んでいた。江戸が販売先だから、箱崎町にいても不思議ではないが、すでに隠居の身の上である。それで問いかけた。

またこのあたりには、下り塩仲買問屋はあるが、地廻り塩問屋はない。出かけるならば行徳河岸ではないかという気持ちもあった。

「実はこちら様に用がありましてね」

長兵衛は、伊勢屋の店舗を指差した。

「ほう」

これは魂消《たまげ》た。同じ塩商いでも、下り塩仲買問屋と地廻り塩問屋では繋がらないはずである。

「行徳の塩商いについては、倅に譲りました。ですがわたくしは、まだまだ老いぼれてはおりません」

どこかいたずら小僧のような、若々しい眼差しを向けてきた。

「それはそうだ」

正紀は相手に合わせる。

「この度、下り塩の商いを始めようと考えましてね、適当な仲買問屋を探していました」

「では、伊勢屋を買い取ろうというのか」

「主人の萬蔵さんはお急ぎのようで。それで私が、行徳から出てまいりました」

事情が呑み込めた。

「この店は、少し前に不幸があった。そうしたことを踏まえた上での話か」

山野辺が口を出した。

正紀はそこで、それぞれを紹介をした。山野辺とは、昵懇《じっこん》の間柄であることを言い添えている。

「どうぞお見知りおきを」

長兵衛は、山野辺の腰に差してある十手に目をやりながら、丁寧に頭を下げた。そして問いかけに答えた。

「不幸があったのは、存じております。私どもでは、萬蔵さんの望みを、入れられるだけ入れた上で、話を進めたいと考えております」

「身一つで追い出すようなことはしない、というわけだな」

山野辺は、この点が気になっていたらしい。

「もちろんでございます」

自信のある表情で、長兵衛は頷いた。

伊勢屋を長兵衛が訪ねるのは初めてだが、店の手代が三日前にやって来て、具体的な売買についての話をしたという。大和田屋への返済期日も迫っているので、打ち合わせは急いでなされた模様だ。

「伊勢屋の仕入れ先と卸先を手に入れ、商いを広げるわけだな」

「さようで。地廻り塩問屋には販路が限られておりますゆえ」

正紀の問いかけに、長兵衛は応じた。温厚そうな人柄だが、商人としてはやり手のようだ。

「伊勢屋さんには、下り塩問屋四軒の内の一つ松本屋《まつもと》さんから永代仕入れを保証する証書が預けられています。伊勢屋を手に入れたいと思う者は、この証書が目当てでしょう。もちろん私もそうですが」

ここで暖簾をかき分けて、羽織姿の五十をやや越した男が顔を出した。話し声を聞いて出てきたようだ。

「これはこれは、山野辺様」

まず山野辺に頭を下げた。それから長兵衛に顔を向けた。佐吉が、桜井屋の主人だと長兵衛に伝えた。初対面の二人は、丁寧な挨拶《あいさつ》を交わした。

「ほんの少し前まで、都倉屋の弥七が来ていました。店を手放せと、それはもうしつこくて。追い返すのに難渋《なんじゅう》いたしました」

萬蔵はぼやいた。

都倉屋は、いまだに伊勢屋にすり寄っているらしかった。

「さあどうぞ、中へ」

萬蔵が促《うなが》した。これから商談を始める。これには正紀はもちろん山野辺も、関わる筋合いはない。

「我らはこれで、引き上げよう」

正紀は言った。

五

三人は箱崎町に戻って、もう一度都倉屋の店舗に目をやった。店先に先ほどはなかった塩俵が、いくつか積まれている。

「都倉屋では、無謀な高積をすることはないのか」

「それはない。町の決まりを守らぬといった話は、聞いたことがないぞ」

正紀の問いかけに、山野辺は応じた。

「近所の評判はどうか」

「悪くない。主人の藤左衛門にしても番頭の弥七にしても、町の者に対しては、不遜な態度を取ることはない。祭礼では、町の者に樽酒を振る舞うそうだ」

「外から見れば、まともな商家にしか見えぬわけだな」

「そういうことだ」

萬蔵から詳細を聞いた後で、山野辺は都倉屋について丁寧に調べたそうな。しかし不審な点はなかった。弥七が船頭杵造と酒を飲んでいたという話についても洗ったが、他に二人を見た者はいなかった。他に弥七と杵造の繋がりはうかがえない。

「都倉屋は老舗で、西国のいくつかの藩の御用達《ごようたし》になっている。また本業の塩商いの他にも、ご府内に多数の家作を持っていてな、内証《ないしょう》はそうとう豊かなようだ」

「では、商いを広げたくなるのは、無理もないな」

「まあ、そうだろう」

店の戸が開いている、前を通って中を覗いた。店の奥で、番頭らしい男と話をしている男の姿が見えた。あれが藤左衛門だと、山野辺が言った。歳は四十七歳、恰幅のいい四角張った顔をしていた。番頭らしい男が、弥七だという。

二人の顔を確かめた。

「大和田屋の方は、どうか。都倉屋との関わりはないのか」

「それも探っているが、浮かんではこないな。こちらは神田《かんだ》川河岸に住まいがあって、町内では名の知られた高利貸しだ。目付きのよくない浪人者や、破落戸を飼っている」

「では、町の者にも乱暴を働くのか」

「それはないが、取り立ては厳しいようだ。期限になれば、破落戸を伴ってやって来る。返せないとなると、そうとう手荒なまねもするらしい。娘を売らされたという話も珍しくないぞ」

「周りからどう思われようがかまわない。やることはやる、というわけだな」

「まあそんなところだ」

住まいは神田豊島《としま》町だという。そう遠いわけではないので、行ってみることにした。歩きながら、話の続きをする。

「しかしそんな高利貸と分かっていて、金を借りる者がいるのか」

正紀には、ここが理解できない。そんな者からは借りなければいいではないか、と思う。

「もちろんだが、どこからも借りられず追い詰められた者は、他に行き場がない。また主人の粂右衛門は、借りるまでは善人そのもののような態度を取るらしい。また家や娘など、担保になるものがあれば、極めて借りやすい」

「なるほど、ついつい縋ってしまうわけだな」

「だが伊勢屋は、そこまで困っていなかったのではないか」

「そうだ。ただどこで嗅ぎつけたかは知らぬが、粂右衛門の方から近づいたらしい。そのとき萬蔵は慌てていて、つい口車に乗ってしまったのだ。少しでも悪評を聞いていれば借りなかっただろうが」

「うかつだったわけだな」

「すぐに返せると踏んだらしいが、それができなかった」

あれこれ話しているうちに、神田川南河岸の豊島町に着いた。山野辺が指差したのは、黒板塀に囲まれた瀟洒《しょうしゃ》な建物だった。

「妾宅《しょうたく》にも見えますな」

植村が言った。

「一回り以上若い、三十歳くらいの芸者上がりの女房がいるぞ」

山野辺が応じた。門前に破落戸がたむろをしているわけではない。ひっそりとしたたたずまいだ。

山野辺は近辺での聞き込みを、すでに何度もしていた。

河岸の道には、等間隔に柳が植えられている。枯れ始めた枝が、深まる秋の風に揺れていた。見ていると、振り売りや荷車が行き過ぎた。

「おや、あれは粂右衛門ではないか」

四十代前半とおぼしい年頃の、身なりのいい商家の主人といった外見の男が、四人の破落戸ふうを引き連れて道を歩いてくる。それに目をやって山野辺が呟いた。

通り過ぎる者は、その一団を避けて歩いている。とはいっても、破落戸ふうの男たちは、通行人を睨みつけるわけでもなかった。

正紀や山野辺は、柳の木陰に身を隠して、やって来る一同に目をやった。

「お待ちください、大和田屋さん」

そこへ横手から、三十代後半とおぼしい商人ふうの男が粂右衛門に声をかけた。走ってきたらしく息を切らしていた。

「これは文次郎《ぶんじろう》さん」

立ち止まった粂右衛門は、声掛けした男に笑顔を向けた。その顔だけを見れば、確かに善人に見える。供の破落戸たちは、後ろに身を引いていた。

「こ、この間の話ですがね。お、お願いをしたいと思いまして」

いかにも切羽《せっぱ》詰まったという顔は、赤らんでいた。

「ほう、そうですか。いや腹をお決めになったのならば何より。どうぞ中にお入りください」

粂右衛門は愛想よく応じた。配下の破落戸が、表戸を開けていた。一同は敷地の中に入ろうとする。

そこへ三十半ばの女が、下駄の音をかたかた鳴らして駆けつけてきた。

「あんた、いけないよ」

女は必死の形相で文次郎に悲鳴のような声を投げつけた。そして腕を両手で摑《つか》んだ。

「う、うるせえ」

文次郎の方は、呻《うめ》き声を上げながら、摑まれた腕を振りほどこうとした。しかし女は離さない。

「駄目だよ。高利の金を借りちゃあ。何もかもなくしちまうよ。そういう噂を、聞いているじゃないか」

女はあたりを憚《はばか》らない声を上げた。

「やめろっ」

破落戸の一人が抑えた声で告げた。男たちは寄ってたかって女の手を、文次郎の腕から剝《は》がした。片腕を二人掛かりで摑んでいる。そして女が離れたところを、羽交い絞《じ》めにしてずるずる後ろに引きずった。

「何するんだよ」

女はしきりにもがくが、若い衆四人がかりではどうすることもできない。その間に文次郎と粂右衛門は、門の中に入ってしまった。ぴしゃりと、内側から戸が締められている。

「あの商人ふうは、すべてのものを毟《むし》り取られてしまうのではないか」

正紀は苛立《いらだ》ちを交えて口にした。今すぐにも、飛び出していこうという気持ちになっている。

「そうかもしれぬ」

「役人として止めぬのか」

腹立ちをこめて、山野辺に言った。

「それはできまい。金を借りる借りないは、あの者の勝手だ。町奉行所がどうこうすべきものではない」

「しかしな」

「見ろ。女は体を押さえられてはいるが、暴行は受けていない。男の動きを邪魔する女の動きを止めただけだ。これは不正とはいえまい。そもそも金の貸し借りについては、『相対済《あいたいす》まし』という触れが出ているのを知らぬわけではあるまい」

町人同士のやり取りについては、相対する者で処理し町奉行所は関わらない。これは幕府の決めた大前提である。大和田屋と文次郎なる者の貸し借りには、与力である山野辺は関われない。これは大和田屋と伊勢屋とのやり取りでも同じだ。

「ううっ」

地べたに蹲った女は、すすり泣きの声を上げた。破落戸たちは、黒板塀の中へ入って行った。

屋敷へ戻った正紀は、この話を京と姑の和にした。屋敷内奥の、京の部屋でである。抑えようのない憤《いきどお》りがあったから、多少昂《たかぶ》った口調になったのが自分でも分かった。

だが和は、どうでもいいという顔で、何の反応も示さなかった。京はしばらくぽかんと正紀を見てから、問いかけてきた。

「どうして町の者に、そこまで気持ちを持たれるのか」

冷めた口調で言っている。共に腹を立ててくれるかと思ったが、当てが外れた。これまで姉さんぶった態度物言いをされても、正紀はそれを腹の内に呑み込んでいる。夫婦とはいっても、まだまだ気持ちが通い合っているわけではなかった。

また問われたことへの返答を、明確にできるわけでもなかった。

「女が、不憫《ふびん》であった」

とだけ応じた。

「ならば家を出る前に止めて、次の策を練ればよいのではございませぬか。それをしなかったのは、落ち度でございましょう」

「しかしな、人にはそれぞれ事情というものがある」

「はい。ですが正紀様は、その事情を御存知ない。外側だけを見て不憫というのは、ちと違うのではないかと存じます」

「ううむ」

忌々《いまいま》しいが、言い返せなかった。

「正紀さまのお役目は、高岡藩をより良い方向へ導くことでございます。お心は、そちらへ向けるべきではございませぬか」

京とは、そういう話をしたいわけではなかった。してやられた形になって、不満を持ったまま正紀は部屋を出た。

六

正紀は井上家の分家の跡取りとして、月に一度、正国と共に日本橋浜町《はまちょう》にある浜松藩上屋敷へ出向く。ここにはもう一つの分家、下妻藩主の井上正棠《まさき》や跡取りの正広《まさひろ》も顔を揃える。各藩の様子を伝え合うと共に、将軍家や他藩の動向について、情報交換を行った。

浜松藩主正甫はまだ九歳なので、席には着いていても発言はない。名代として江戸家老建部陣内《たてべじんない》が進行役を務める。長身痩軀《ちょうしんそうく》の気難しそうな五十男だ。すでに何度も会ってはいるが、正紀には得体の知れない狸爺《たぬきじじい》に見えた。

「では、下妻藩の近々の様子をお伺いいたそう」

建部は正棠と正広の方に目を向けた。

井上正棠は三十四歳、やや面長で鼻筋の通った切れ者と感じられる風貌だ。表立って何かを口にするわけではないが、尾張徳川家の血を引く正紀が高岡藩井上家の婿になったことについて、快くは思っていない。高岡の堤普請に関わって、下妻藩江戸家老園田次五郎兵衛《そのだじごろべえ》が腹を切らねばならないことになった。これには恨みを持っている可能性があると、佐名木は話していた。

その一件については、建部がどう思っているかは分からない。腹の内を明かさない人物だ。ただ正紀にしてみれば、この男も、自分を歓迎してはいないだろうと感じていた。

正広は正紀よりも年若で十五歳だ。正棠の長男だが、継嗣の届《とどけ》は出されていなかった。今般ようやく出されることになり、年明けには認められる運びになっていた。父と子の間には、確執がある。

正紀は先の将軍家治公が催した上覧試合で、正広と試合をして負けた。一時はめげたが、堤普請では助けられた。昵懇という間柄ではないが、筋を通す人物だということは感じていた。

「ではそれがしから、お話し申す。今年は当家の領地も不作でありました。そこで当家では、鬼怒川沿いに新田の開墾を始めましてござる。村名主や百姓代などとも打ち合わせを重ね、荒地に鍬《くわ》を入れ始めましてございます」

「ほう、どれほどの出来高を目指すのか」

「まずは二百五十石ほどでございます」

正広は胸を張って応じた。目に輝きがある。

正紀と同じで、皆から望まれて継嗣の座に就くわけではない。しかし目標を明らかにして、それに向かっている。うまくいくいかないは別として、その自負は口調や物腰から伝わってきた。

「羨ましいぞ」

と正紀は思う。

「高岡藩はいかがでござるか」

建部はさして感じ入った様子も見せないまま聞き終え、今度は正紀の方に顔を向けた。

「新田の開発は当家でも図っておりまするが、谷戸という地形からなかなか開墾すべき土地もございませぬ。蔵奉行に調べをさせている段階でござる」

という程度しか、答えられなかった。米の出来は共に不作だ。新田開発は急務で、高岡藩は下妻藩から後れを取っているのは明らかだった。

領地が西にある浜松藩は、分家二藩よりも米の出来具合はよかった。そうなると、具体的な策のない高岡藩は、それなりの対応を早急にしなくてはならない雲行きになった。

「なに正紀殿は、比類なき逸材。必ず近いうちに、見事なお手並みを拝見できるでござろう」

「いかにも、いかにも」

正棠の言葉に、建部が頷いた。

「嫌味な狸どもだな」

と思うが、口には出さない。正紀は神妙な顔で頭を下げた。

下谷広小路の高岡藩上屋敷に戻ると、正紀は奥へ行って衣服を改めた。裃《かみしも》まではつけないが、浜松藩邸へ足を向けるときはそれなりのものを身につける。

「御本家様のご様子はいかがでしたか」

そこへ京が、侍女を伴って姿を見せた。京は家付き娘だからか、遠慮なしにやって来る。

「うむ。下妻藩では、正広殿が鬼怒川沿いの新田開発を進めるようだ」

「それは何よりでございますな。あの方ならば、気迫を持ってなされると存じます」

京と正広は幼馴染である。それでもあからさまな褒め言葉を聞くと、面白いわけではない。自分は何をしているのかと、責められたような気持ちになる。

「高岡藩でも、方策を練らねばならぬ」

新田開発については、蔵奉行の河島に、調べを入れさせている。しかしまだ、結果は伝えられてきていなかった。

するとが、思いがけないことを口にした。

「利根川に面した高岡河岸を、使えませぬか。大きな荷船が行き来をしているとか。荷船が寄港すれば、村は賑わいお金も落ちると存じますが」

「これは……」

驚いた。祝言の前は、国許のことなどまったく関心を寄せていなかった。口にするのは茶の湯や衣装、髪飾りといったことばかりだった。

「何か、寄港させる手立てをお考えなさいませ。高岡は、変わりますぞ」

京は今日も、姉さん気取りで教え諭《さと》すような言い方をしていた。浜松藩邸では正広に先を越された負い目を感じていた。屋敷に戻っても、また京にとっちめられた気がした。

おもしろくなかった。小耳に挟んだことを、偉そうに口にしているだけではないかとも考えた。

「その話は、すでに出ておる。あれこれ検討したが、難しいということになっておった。考えていなかったわけではないぞ」

いつもより強い口調で応じてしまった。まずかったかとも思ったが、一度言ってしまったら、もうどうにもならない。そもそも京は小賢《こざか》しい、という気持ちが正紀の中にあった。

「まあ」

いかにも不愉快といった顔になった。頬が膨らんでいる。京がこういう言い方をされることはまずないだろうと気が付いた。

しかしご機嫌取りをするつもりはない。

「では、用部屋へ参るぞ」

言い残して部屋を出た。返事の言葉など待たなかった。

どこかに後悔はあったが、仕方がないと考えた。「高飛車な物言いしかできない。少しは考えろ」という気持ちもあった。

中奥の用部屋で怒りを収めていると、佐名木が顔を出した。

「国許へ戻った蔵奉行河島より、書状が届きました」

と告げた。

「そうか」

待ちに待った書状が、ようやく届いた。高岡には、田のあちこちに小高い丘がある。そこを崩して田を作れないか、百姓などの意見を聞いて可能性を探るように命じていたのである。

下妻藩の取り組みを耳にした直後なので、心穏やかならざる気持ちで言葉を待った。

向かい合って腰を下ろすと、佐名木はすぐに口を開いた。

「丘を崩しての新田開発は、なかなかに厳しいものがありそうです」

「どういうことか」

厳しいと言われて、引き下がるつもりはない。この新田開発は高岡藩百年の礎《いしずえ》になると考えている。

「まずは労力の割に、広げられる田の広さが少ない、ということです」

「しかし労を惜しんでは、何もできまい。少しでも広げることが、肝要ではないか」

正紀は意気込んで口にしたが、佐名木は渋い顔をした。

「国許の藩士だけでなく、村の古老たちは先祖伝来の地形を壊すことを嫌いまする。あの丘の一つ一つが、それぞれの信仰の対象になっております。墓があり、丘にまつわる言い伝えなどもありまする」

「…………」

「それを崩せと、仰せになりまするか。村の信仰に手をつければ、民の心は離れますぞ」

揺るぎない信念を持った面持ちで、佐名木は言った。小浮村の申彦《さるひこ》の父親で村名主の彦左衛門《ひこざえもん》も、同じ考えだという。

「なるほど」

それができるくらいならば、とうの昔にやっている。手をつけなかったのには、それなりの理由があるからだと知らされた。

「では、どうすればよいのか」

正紀は、腕組みをした。しかしいくら考えても、妙案などは浮かばない。それでつい漏らした。

「先ほど京に、高岡河岸を使ってはどうかと言われた」

「さようでしたか」

佐名木は口元に、小さな笑みを浮かべた。さして驚いた様子ではなかった。

「もうその件については、検討をしたと伝えたがな」

腹立ちまぎれに言った。

佐名木は自分に同意するかと思ったが、そうではなかった。

「京様の仰せられることも、もっともかもしれませぬ」

「何と」

高岡河岸は、戸川屋という取手の廻船問屋に押さえられていると話したのは、佐名木だった。だからあきらめたのである。

「京様は、祝言を挙げられた頃から、国許の諸事情をお調べになるようになりました。国許から呼んだ腰元やそれがしにも、いろいろとお尋ねになります」

「ほう」

これには仰天した。京は先ほど高岡河岸について口にしたが、あれは気まぐれで口にしただけだと受け取っていた。だがそうではないらしい。

「正紀様は、二千本の杭を持って堤普請の先頭に立たれました。どうやらあれが、契機のように思えますがな」

「そ、そうか」

どきりとした。上からの物言いは気に入らないが、京は自分を認めているのかもしれないと思ったのである。

だとすれば、先ほどは、言い過ぎだったかと振り返った。

「京様が国許に関心を持たれたのは、何よりのことでございます」

佐名木はそう応じた。

七

佐名木の話を聞いて、京に対する正紀の気持ちが微妙にぶれた。偉そうな物言いはともかく、高岡河岸に注目するのは、佐名木の言う通り間違った見方ではないと感じた。

高岡には、特産物と言えるような品はない。新田開発が駄目ならば、河岸場としての発展を図るしかないのではないかという気がした。利根川には、多数の大小の荷船が日々航行を続けている。それをただ指をくわえて見ているのでは、高岡藩は立ち行かない。

戸川屋絡みで面倒な状況にあると聞いたが、実際に正紀自身がぶつかって体で確かめたわけではなかった。

「何か、寄港させる手立てをお考えなさいませ」

と言った京の言葉が、耳の奥に残っている。「難しい」という一言で否定したが、今になってみると、やらない言い訳をしただけのように思われた。

昼食を済ませた後、正紀は植村を伴って藩邸を出た。深川へ向かう。高岡藩の年貢米を運ぶ船問屋俵屋《たわらや》へ行った。

俵屋は仙台堀《せんだいぼり》河岸の伊勢崎《いせざき》町にある。間口は五間半（約十メートル）あって、大きな納屋も備えており、預かった荷を一時置く場所として使っていた。

川端には大きな船着場がある。二百石から三百石積みの弁才船《べんざいせん》四艘と小型の荷船を持って、江戸川や利根川、鬼怒川などの各河岸へ荷を運んでいる。

行きは西国からの下り物や江戸の品を、そして帰りには上野や下野、常陸などから米や雑穀、酒や醬油、各種産物を運んだ。大型船は出航しているらしく、船着場には三十石積みの荷船が接岸されているだけだった。

俵屋は高岡藩の米だけを運んでいるわけではない。いくつもの藩の御用達になっていた。

「これはこれは高岡の若殿様、わざわざお越しいただきありがとうございます」

身分と名を伝えての訪問なので、常次郎《つねじろう》という番頭が相手をした。四十代半ばの下膨れの顔をした愛想だけはいい男だった。店の裏手にある、商談用の八畳間に通された。

「今は、年貢米や各藩のご家中の禄米を運んでおります。去年今年と続けての不作ですから、運ぶ量が減っております。そんな中、闇で安く運ぼうとする輩《やから》も現れまして、荷が着いた着かないなど悶着になる場面もございましてね。迷惑な話でございます」

常次郎は、商いが上手くいっていないということを、まず伝えてきた。渋い顔をしている。

荷が減れば、船問屋にしてみれば商いの幅が狭くなる。特に東北の凶作は、米の輸送だけでなく、他の産物や商品の減少に繋がる。米の収入がなければ、消費などできなくなるからだ。

「なるほどな」

聞いていると、納得してしまう話だった。出鼻を挫《くじ》かれた気がするが、それで引っ込むわけにはいかない。

「当家の領地にある高岡河岸だが、俵屋ではどのような場合に寄ることになるのか」

「それは年貢米や、御家中の皆様の禄米を運ぶときでございます。戸川屋さんとは長年の取りきめで、あそこの納屋に数が揃うまで置かせていただいていますが」

「それ以外には、ないのか」

「ございません。何か産物でもあれば、別でございますが」

まあ、それはそうだろうと正紀も思う。俵屋にしてみれば、高岡河岸を使わなければならない他の理由はない。

「高岡河岸を、米や産物の中継ぎ場所として使ってはみぬか。関宿や銚子からの品を、鬼怒川や小貝川、霞ケ浦の河岸に運ぶには積み替えをしなくてはなるまい。高岡は便利な場所だぞ」

正紀なりに、利点を考えて口にした。

関宿や銚子から出た船の荷は、行き先によって途中で船を替えた。各川の上流から下ってきた品も、中継地点で関宿や銚子行きの船に載せ替える。その中継点として高岡河岸を利用できないかと持ちかけたのだ。

「いや、それをおっしゃるならば、取手や木颪でございましょう。あそこには、納屋も船着場も、大きなものができております。人足の数も、常時揃っています」

常次郎は慇懃な口ぶりを崩さないが、商いについては思ったことをはっきり口にする。高岡には用がないと告げていた。

「納屋や船着場は、これから調えていくぞ」

と言ってみた。俵屋が利用をするならば、それは可能だろう。

「各河岸場とは、それぞれ何年も先まで、取りきめをしております。それを勝手に変えるなどは、できない相談でございます。商いには、信義が大切でございます」

「そうか」

高岡河岸が食い込む余地はなさそうだった。ふうと、大きなため息が出た。肩を落としたのが、自分でも分かった。すると常次郎は、どこか哀れみを帯びた眼差しを向けてきた。

「ただどこかのお大名様が、高岡河岸に納屋を置くとお決めになれば、話は別でございます」

「それはそうだな」

ほんのわずか、気持ちが前向きになった。

「大名か」

と頭を巡らせた。そういう話を持って行けそうな藩があるかと、考えを巡らせたのである。

尾張藩や今尾藩ならば話を持って行きやすいが、この二つの藩は、輸送に利根川を使わない。それでも、二つ頭に浮かんだ。一つは下妻藩だが、これは意地でも頼めない。

もう一つは、父勝起の妹品《しな》が嫁いでいる常陸府中《ふちゅう》藩二万石だった。二千本の杭を調達するときに、助言をもらった。藩の領地は霞ケ浦に接している。

「これは好都合だぞ」

と思った。そこで小石川にある府中藩上屋敷に足を向けた。

「何とかなると、いいですね。初めは一つの藩だけでも、そこから増やしていけますぞ」

植村は楽観的なことを口にした。

叔母とは、一門の法事や節句の席などで、幼少の頃から顔を合わせていた。いろいろと声をかけてくれ、屋敷へ遊びに来いとも言われていた。

門番所へ来意を伝えると、すぐに奥の部屋へ通された。

「よくまいったな。京どのと健《すこ》やかに暮らしておいでか」

叔母の機嫌は悪くなかった。

「お陰様にて。叔母上様も、ご壮健のご様子……」

形式的な挨拶を口にしてから、正紀は高岡河岸の利用について俵屋で話したことと同じ内容を伝えた。

「府中藩の米を、高岡の納屋に置けと申すわけだな」

話の途中から、叔母の表情が険しくなったのが分かった。後半は、頷きもしなかった。

「さ、さようで。ぜ、ぜひにもお願いをいたしたく……」

その言葉が終わらないうちに、叔母は口を開いた。

「まったくその方は、頼みごとがあるときにだけ、訪ねてくるな」

怒り、というほどではないか、不快感を持ったのは明らかだった。

「訪ねてくるときは、もっと楽しい話を持ってまいれ」

と付け足された。

「はあ」

「話はそれだけか」

「はあ」

追い返されると覚悟をしたが、叔母は手を叩いて侍女を呼んだ。勘定方の、納米を扱う藩士と会わせてもらえることになった。

「どうせ無駄であろうがな、話をするだけはしてみるがよい」

と言った。

正紀は、屋敷内の勘定方の用部屋へ行った。話をしたのは、中年の勘定方である。勘定方は正紀の話を、最後まで聞いた。しかし表情を緩めることは、一度もなかった。

「当家も、去年今年と米の出来はきわめて悪く、量は例年の六割程度でございました。新たな納屋を置くどころでなく、使わぬままに時期が過ぎたところもござり申した」

渋い顔で言っている。

それどころではないと、告げたいらしかった。

「なるほど。今年はどうにもなるまい。しかし、来年も凶作とは限るまい。収穫高が増えれば、輸送の中継地として高岡は府中藩の役に立つ。検討してはもらえぬか」

正紀は一歩踏み込んで口にした。

勘定方はここで、瞬きを一つした。どうでもいいことを、押し付けられていると感じたのかもしれない。

「では、お伺いいたしまするが、高岡河岸にはいつでも都合よく、米や産物を置く堅牢な納屋がござるのでしょうか。寄港地ともなれば問屋場も必要でありますし、船頭や水手《かこ》、藩の者が食事をする場などもなくてはなりませぬ」

「それは」

返答ができなかった。高岡には、戸川屋が持つ古い納屋が数棟あるだけだ。問屋場や茶店などは、作るとしたらこれからだ。

勘定方は穏やかな口調ながら、はっきりと告げてよこした。

「招致は、それらが調えられてからの話ではござりませぬか」

「…………」

戸川屋の納屋は藩のものではないから、勝手には使えない。茶店は村の者にやらせるにしても、納屋の新築にはそれなりの経費が掛かる。

杭二千本でさえ出せなかった高岡藩に、そんな金があるわけなかった。

勘定方は意地悪を口にしたのではない。正紀は、己の甘さを知らされた気持ちだった。

第二章　塩の商い

一

河岸の道に、味噌樽が積んである。荷船からの積み降ろしが、そろそろ済もうというところだった。

樽の積み上げも、三段四段までならば仕方がないが、五段六段と積み上げられると危険だ。先日は故意か過失かは別にして、伊勢屋の跡取り萬太郎が醬油樽の崩落で命を失った。

そのこともあったから、山野辺は気が付くとどの店であっても積み直しをさせていた。

「少しの間だけですから」

と頼まれても容赦はしない。厳しくやった。

「おい」

味噌屋の初老の番頭が、小僧らに声をかけた。山野辺がやって来るのに気が付いたからである。すぐに味噌樽の積み直しをさせた。

山野辺はそれでよしとしたものの、すぐには立ち去らない。荷降ろしが終わって、樽が納屋に納められるまで様子を見ていた。

立ち去ってしまうと、また元のように高積をしてしまう者がいるからだ。

高積見廻り与力の役目を果たしながら、山野辺は都倉屋と大和田屋の調べを続けている。このところ聞き込みを念入りにしているのは、伊勢屋の荷を盗んだ船頭杵造についてである。

杵造は、都倉屋の番頭弥七と酒を飲んでいたと話した者がいた。一年も前のことで、覚えていたのは、一人だけだった。これでは証拠にも何もならない。しかし他にも繋がりがあれば、話は別だ。

利根川やそれより先へ行く船頭や水手は、一度江戸を離れると数日は戻らない。そこで遠路の航行を済ませた船が戻るのを待って、船頭や水手から話を聞くことにした。今でも一年前でも、杵造と都倉屋の繋がりが明らかになれば調べは進む。

杵造は決まった船問屋の雇われ船頭ではなかったが、荷船に関わって生きてきた。遠方で消息を聞くこともあるかもしれないので、ともあれできる限り話を聞こうと腹を決めていた。

今日は正午過ぎに、深川仙台堀に五百石の弁才船が着くと聞いた。深川は受け持ち区域ではないが、行って船頭や水手から話を聞いてみることにした。永代《えいたい》橋を、東へ渡る。

「おお、あれだな」

大きな弁才船が、南河岸今川《いまがわ》町の船着場に接岸されていた。帆はすでに降ろされている。

「あれは新米だぞ。あるところにはあるもんだな」

東北は飢饉、上野や下野、常陸もほとんどが不作といっていい。米価は高騰しているから、町の者は、多数の米俵を目にすると驚くようだった。

陸揚げされるだけでなく、小型の荷船に積み直されているものもある。江戸のどかに運ばれるようだ。荷運び人足らの掛け声が、秋の空にこだましている。

河岸で煙草《たばこ》を吹かしたり雑談をしたりしている日焼け顔の水手らしい五、六人の者がいた。山野辺は、その一番年嵩《としかさ》の男に声をかけた。

「ご苦労だったな、関宿あたりまで行ったのか」

「へい。その先の取手や古河《こが》へも行きやしたぜ」

鼻から煙を出しながら、水手は答えた。江戸へ戻ってきたのは、半月ぶりだそうな。

「航行をしていると、いろいろな者と会うはずだ。杵造という船頭と会ったり、噂を聞いたりしたことはないか」

「杵造というのは、前に霊岸島の塩の荷を持ち逃げしたやつですね」

水手は名を知っていた。

「そうだ。どこかで会わなかったか」

「いえ、そんなことはなかったですねえ」

居合わせた他の者にも問いかけたが、皆首を横に振った。杵造という名を知らない者もいる。

他にも、立ち話をしていた三人の水手の姿があった。同じことを問いかけた。

「さあ。噂も聞きませんね」

そのうちの一人は前に杵造と話をしたことがあると言ったが、それだけのことだった。

「おれは、噂を聞きましたぜ。渡良瀬《わたらせ》川で、船頭をやっているっていう話で。でもそれを耳にしたのは、半年くらい前です」

「では、江戸にはいないというわけだな」

「いや、そうじゃあねえと思いやすよ。こっちで顔を見かけたってえ者がいやしたから」

「どこで見かけたのだ」

「深川ですよ。はっきりどこかは分かりませんが」

荷を持ち逃げした杵造は、日本橋界隈や霊岸島には居ずらい。しかし大川《おおかわ》を渡った深川ならば、戻ってきているのかもしれなかった。

そこで弁才船の船頭や水手だけでなく、他の荷船の船頭にも問いかけてみることにした。

四人目に、杵造と酒を飲んだことがあるという者にぶつかった。一年前、姿を消す直前あたりだ。

「あいつ、博奕で大きく負けたんですよ。それで危ないことになったが、なんとか金を工面したと話していましたね」

「ほう、どう工面したのか」

「借りたって聞きましたよ。神田の、何とかっていう金貸しだって聞きました」

「神田の金貸しだと」

「ええ、そう言ってましたね」

思い当たる者がいた。腹の底が、にわかに熱くなった。

「大和田屋ではないか」

「そうそう、そんなような屋号でした」

船頭は応じた。これで都倉屋と大和田屋が、杵造を通して細い線だが繋がったことになる。

「しかしなぜ、杵造は神田の金貸しなど知っていたのだ」

「あいつは金になるなら、どこへだって荷を運びますぜ。あっちにも行ったんじゃねえですかね」

「なるほど」

深川でもそうだが、神田でも杵造についての聞き込みはしていなかった。そこでさっそく、神田川河岸の豊島町へ足を向けた。

柳原《やなぎわら》通り沿いにある船着場に荷船は停まり、荷の積み下ろしをしていた。

荷船は二艘あった。荷下ろしを終えて、一服している三十代半ばとおぼしい歳の船頭に問いかけた。

「さあ。杵造なんて野郎、知りませんね」

そしてもう一人は、荷下ろしが済んだ後で声をかけた。この当たりに来る船頭は、遠路を運ぶ者ではない。ご府内を、依頼主の要望に応じてどこへでも舳先《へさき》を向ける。

「杵造なら知っていますよ。あいつの船から、荷を引き受けたことがありますから」

船頭は言った。

「河岸道にある金貸し、大和田屋に出入りしたと聞いたが」

「さあ、それは知りません。ただそう遠くないところで、顔を見かけましたよ。一度はこの道で、もう一度は箱崎町の河岸道でしたね」

「何だと、箱崎町だと。いったいいつのことだ」

「はっきりはしませんけどね、十日くらい前ですね。あいつ笠を被っていましたが、体つきといい顎《あご》の形といい、そのままでしたよ」

声掛けをしたわけでもない。また日にちもはっきりはしていない。しかし萬太郎が樽の崩落で命を失ったその日に、極めて近いのは明らかだった。

「樽を崩したのは、杵造か」

その疑念が、初めて山野辺の頭をかすめた。

その翌日のことである。北風が江戸の町を吹き抜ける中、山野辺は日本橋小網町の行徳河岸を歩いていた。高積の見廻りをしていたのである。

「だ、旦那」

そこへ、町の者が駆け寄ってきた。裾が乱れている、よほど慌てているようだ。

「し、死体です。そこの新大橋《しんおおはし》の、橋袂下の杭に引っかかっていたとかで」

山野辺は定町廻り同心ではないが、町奉行所の与力として声かけをされては放っておけない。そのまま駆けつけた。

死体は、袂下の杭に引っかかっていた。土地の岡っ引きが来ていて、丁度引き上げようとしているところだった。

仏の歳の頃は三十代半ばくらいで、腕の筋肉が発達した男だった。肩から背中をばっさり斬られていて、水を飲んだ様子はなかった。濡れた髪が、額に張り付いている。

顔は歪んで、驚きと恐怖の跡を残していた。

斬られてから、水に落とされたらしい。

「見事な斬り口だな。やったのは手練《てだ》れの侍だな」

男は髷《まげ》の形からして町人である。筋肉のつき方を見ると、お店者ではなさそうだ。

「仏の顔に、見覚えはないか」

野次馬が集まってきている。山野辺は彼らに問いかけた。

「この体付きは、船頭じゃねえですかね」

という者がいて、岡っ引きの手先を行徳河岸まで走らせた。居合わせた船頭数人を引っぱってきたのである。

念入りに死体の顔を見させた。

「こいつ、どこかで見たことがあるぞ」

と言った者がいた。老船頭が顔を近づけている。

「名が分かるか」

「こいつあ、杵造じゃねえですかね」

老船頭は続けた。しかし決めつけることはできない。そこで杵造の顔を知っている者たちを集めた。

「いかにも杵造だ。間違いねえぞ」

と皆が口を揃えて言った。

京は、どうやら臍《へそ》を曲げたらしい。高岡河岸の話を口にしたとき、正紀は頭ごなしに「難しい」と潰した。祝言を挙げてから初めて、きつい言い方をした。

驚いた様子だったが、そのときは何も不満を口にしなかった。

しかしその夜、京の寝所へ行こうとして侍女から拒絶された。

「ご気分がすぐれぬご様子でございます」

『すぐれぬ』というよりも、『腹を立てている』と受け取った。

「姫ごには、困ったものだ」

正紀は呟いた。もちろん自分も言い過ぎたという気持ちがないではない。堤普請の一件があってから、京は国許や藩の事情に関心を持つようになったという。だからこそ高岡河岸を話題にしたのだが、それを一言で潰してしまった。

「どうしたものか」

変転が多い女心について、対処の仕方が分からない。誰かに相談できるものでもなかった。

井上家では、毎朝、屋敷内奥の仏間で当主正国夫婦と跡継ぎである正紀夫婦が読経を上げる。

京も姿を見せたが、正紀には型通りの挨拶をしただけだった。何か話しかけようと思っていたが、読経が済むとすぐにいなくなってしまった。

一日が始まったが、京のことが正紀の心の奥に引っかかっていた。

藩邸内の剣術道場で汗を流してから、児島や佐名木、それに勘定方の藩士が集まって、各村の収穫高についての検討を行った。高岡藩一万石の領地は、一カ所にまとまっているわけではない。地域の事情によって、収穫高も変わる。そこに怠惰の跡があれば、梃入《てこい》れをしなくてはならなかった。

ただ不作は前から予想ができたので、郷方《ごうかた》廻りの藩士も百姓も、それなりの対応はしてきていた。減収は仕方のないところもあった。

こうなると藩財政を補う新たな手立てが必要だと、正紀は痛感する。妙案が浮かばないのが、歯痒《はがゆ》かった。

そこへ山野辺が訪ねてきた。樽の崩落は故意か過失か、気になっていたので、何か調べに進展があったら伝えてくれと頼んでいた。下り塩仲買問屋伊勢屋の商いが絡む。これには正紀とは旧知の、行徳の地廻り塩問屋桜井屋とも少なからず関係があった。

この一件を話題にするときには、植村も話に加える。その後の調べについて、山野辺から聞いた。

「そうか、杵造は大和田屋から金を借りていたわけか。だとすると都倉屋と大和田屋は組んでいるかもしれぬな」

「ええ。杵造は、口封じのために斬られたんですよ」

正紀の言葉に、植村が応じた。

「杵造もあの醬油樽の崩落の折に、河岸にいたかもしれぬわけだな」

「そうだ。そこで改めて河岸付近を聞き込んだが、杵造を確認した者はいなかった。笠を被っていたらしいから、気づきにくかったのではあろうが」

山野辺は言った。醬油樽の崩落があった当日の杵造の動きは、明らかにならない。崩したかもしれない、というだけだ。

「ただ都倉屋と大和田屋は、伊勢屋を追いつめようとしていた。この両方に杵造が関わっていたとなれば、誰もが怪しいと思うのではござらぬか」

植村の意見だ。

「では杵造を斬ったのは誰か、だな」

それらしい者がいるかと、正紀が山野辺に問いかけたのである。見事な斬り口は、町人の仕業とは考えられない。

「おらぬわけではないぞ。大和田屋には、清岡十三郎《きよおかじゅうざぶろう》という浪人者の用心棒がいる。歳は二十八で、馬庭念流《まにわねん》の遣い手なのだそうだ」

大和田屋に雇われて、すでに二年ほどになるそうな。

「その者は、殺しをやっていそうなのか」

「荒仕事に、自ら手を出すわけではない。しかし破落戸どもが乱暴するときには、いつもそばにいる。ただ殺しがあったとおぼしい日は、昼間の内は取り立てに出ていたが、夜は大和田屋の家にいた。外出はしていないことになっている」

証言したのは、大和田屋の者だけで、信憑性《しんぴょうせい》はなかった。

「近くの居酒屋や、町の者にも聞いてみようと思っているが、高積の見廻りもせねばならぬのですぐにはできぬ」

山野辺は言った。

「ならばそれがしが、聞き込みをいたしますぞ」

植村が口を開いた。正紀付きの家臣だから、急ぎの用事はない。

「ならば行ってもらおうか」

正紀が告げると、植村は満足そうな顔をした。正紀や山野辺の役に立てるのが嬉しいのである。

「伊勢屋の方は、どうなったのか。大和田屋への返済期日が迫っているはずだが」

これも気になっていた。

「桜井屋が、肩代わりするらしい。萬蔵には萬次郎という次男坊がいる。醤油問屋で奉公をしているが、戻って桜井屋の番頭になると聞いたぞ」

「なるほど、父や兄と同じ塩仲買になるわけだな」

それはそれでよいと思われた。桜井屋長兵衛は名うての商人だが、筋は通す男だ。阿漕なまねはしない。

「では」

植村は、山野辺に伴われて高岡屋敷を出た。


「あれが、清岡です」

黒板塀の門扉が開かれて、二十代後半とおぼしい長身の侍が通りに出てきた。破落戸二人を伴っている。利息の取り立てにでも、行くものと思われた。

聞き込みをするにも、まずは清岡の面貌《めんぼう》を知らなくては始まらない。それで植村は山野辺の手先と共に、やや門から離れたところで見張っていたのである。

頬骨の出た肉厚な顔で、鷲鼻が目立つ。歩き去ってゆく身ごなしには隙がなかった。

「あやつは強そうだ」

と感じた。

植村は一人になって、通りかかった振り売りや、近所の商家の小僧などに問いかけた。

「清岡様ならば、よく顔を見かけます。一月くらい前ですが、町の旦那衆の一人に無宿者らしい数人が因縁を吹っ掛けて、金品を奪おうとしたことがありました。そこへ清岡様が通りかかって、無宿人どもを懲《こ》らしめました。あっという間でした。腕の骨を折られたり、殴られて顎を外されたりした者もいました。あのときは、心強いと思いましたが……」

振り売りをする豆腐屋の親仁《おやじ》がそう言った。

「町の溝浚《どぶさら》いなどでは、大勢で出てきます」

大和田屋の用心棒や破落戸は怖いが、役に立たないこともない。そういう受け取り方をしていた。

「一昨日《おととい》の夕方以降ですか。さあ、清岡様の姿は見かけませんでしたねえ」

という返事だった。

六、七人に声掛けをした。その中には町木戸の番人もいる。しかし清岡が出歩いている姿を見た者はいなかった。
「おい、破落戸同士が言い合いをしているぞ」

声が上がった。

「面白そうだ。見に行こうぜ」

そんな声も上がっている。

植村も行ってみることにした。場所は神田川に架かる和泉橋《いずみ》の南詰だ。一人の若い衆を、四人の者が囲んでいる。

若い衆の顔に、見覚えがあった。大和田屋の若い衆で、先ほど清岡とどこかへついて行った男たちの一人だった。声高に何か言い合っている。

一対四でも、若い衆は怯《ひる》んでいなかった。

しかし多勢に無勢だ。胸を拳《こぶし》で突かれて反撃しようとしたが、他の男たちに腕を摑まれ、そのまま地べたへ突き倒された。

「まあ、待て。一人を相手に四人がかりとは、卑怯であろう」

ここで植村が、仲裁に入った。

破落戸たちは顔色を変えた。割り込んできたのは武家で、しかも巨漢だ。

「う、うるせえ」

それでも破落戸たちは虚勢を張った。肩をいからせたのである。一人は転んでいる若い衆を蹴ろうとした。

植村は目の前の男を突き飛ばし、蹴ろうとして上げた足を払い上げた。均衡を失った体は、地響きを立てて地べたに落ちた。一瞬のうちに二人の破落戸が、痛い目に遭わされた。

「お、覚えていやがれ」

破落戸たちは、逃げて行った。

「た、助かりやした。お陰さんで。あっしは利吉《りきち》というけちな者でして」

立ち上がった若い衆は、深く頭を下げた。恩に着たという顔をしている。

「いや。その方は四人を相手に、少しも怯んでいなかった。なかなかの度胸ではないか。感じ入ったぞ」

と煽《おだ》てた。

「いやあ」

利吉は照れた顔で、頭を搔いた。

「用がなければ、そこで一杯やらぬか。馳走をするぞ」

通りに煮売り酒屋の看板が見えたので、植村は誘ってみた。

「へえ」

利吉は断らなかった。それで二人で店に入り、五合の酒と煮しめを一皿買った。

「まあ飲め」

と茶碗に酒を注いでやる。利吉は、ごくごくと喉を鳴らして飲んだ。植村は利吉に生い立ちなどについてあれこれ聞いた。大和田屋の厄介になったのは、半年くらい前のことだそうな。

大和田屋の中では、下っ端といった印象だ。危ないところを助けられた後だから、問いかけには素直に答えた。

「その方、昨日一昨日は、夕方以降は何をしていたのだ」

「昨日は、そうそう清岡様の供で、金の取り立てに行って、それから酒を飲ましてもらいやした。その前の晩は、おれたちの部屋で、仲間と冷酒をかっ喰らっていやした」

向こうから清岡の名を出したのは、幸いだ。こちらが知りたいのは、一昨日の清岡の動きだ。

「清岡というご仁の供はしなかったのか」

「ええ。あの日清岡様は、家にいたって聞きましたが」

顔は見なかった。家にいたと、他の者から聞いたのである。

「では、杵造という船頭を知っているか。神田川で荷を運んでいる者だ。金を貸したのだが、まだ返してもらっていない」

と出鱈目《でたらめ》なことを口にした。

「知っていやすよ。今、どこにいるかは知りませんが」

あっさりと言葉が返ってきたので驚いた。

「近い内では、いつ見かけたのか」

「先一昨日ですね。近くの居酒屋で、清岡様と酒を飲んでいるのを見かけましたよ」

植村はますます驚いた。動揺に気づかれないように問いかけを続けた。

「何を話していたのか」

「さあ、一緒にいたわけじゃありやせんから、知りやせんが」

と返された。ただ杵造殺しが、清岡の手によるものではないかという疑いはこれで大きくなった。とはいっても、大和田屋へ杵造が姿を現すのは、月に一度あるかないかだという。利吉はそれ以上詳しいことを知らなかった。

三

十月の末日になった。伊勢屋が大和田屋から金を借りた、その返済日になったのである。

借金は、行徳の桜井屋長兵衛が肩代わりをすることになった。伊勢屋は長兵衛に店舗だけでなく、仕入れの権利や常陸の顧客までを引き渡す。

「都倉屋や大和田屋の手に渡らずに済みます。それがせめてもの意趣返しでございます」

店を手放す萬蔵は、涙ながらに山野辺に語ったそうな。倅を失った怒りと恨みは忘れない。

やり取りが済んだ後、桜井屋が用意した小さな隠居所に、女房と引っ越す用意ができていた。

「おい。大和田屋との取引の場に、その方も立合わぬか」

正紀は山野辺から誘われた。

大和田屋粂右衛門と返済のやり取りをするのは、萬蔵と次男の萬次郎である。これに金主となる桜井屋長兵衛が、見届けのために同席する。

ただ粂右衛門が、用心棒清岡を始めとする乱暴者の破落戸どもを連れてくるのは目に見えていた。そこで萬蔵は、閉じた襖一つ隔てた次の間に山野辺にいてもらえないかと依頼したのである。

町奉行所の与力としてではなく、知人として居てほしいという。長兵衛も奉公人を連れてくる。破落戸ではなく、まっとうな暮らしをしている者たちだ。

「よし。おれも付き合おう」

正紀にとっては、気になっていた事柄である。植村も喜んでついてきた。

「またしても、お世話になりますね」

顔を合わせた長兵衛は、正紀の顔を見ると丁寧に頭を下げた。

「まあ、これも何かの縁だな」

「さようで」

二人は笑い合った。

桜井屋にしてみれば、借金の肩代わりとして百両を出すだけではない。萬蔵夫婦の隠居所の世話や、店の建物の修繕も行う。大金をかけて、下り塩仲買の世界に踏み出すのである。

大和田屋だけでなく、都倉屋も背後にいることを承知の上で話を進めていた。山野辺や正紀の助力に、大きな感謝をしていることが伝わってくる。

「では、こちらにお控えいただきます」

萬次郎が、正紀ら三人を奥の部屋へ促した。歳は二十二で、萬蔵と面差しが似ている。深川佐賀《さが》町の醤油問屋で手代をしていたというから、商人としての基本はできているようだった。

萬次郎の言動を見ている限り、使えそうな者に見えた。

「そろそろやって来ますよ」

出された茶を喫し終えたあたりで、萬次郎が言った。正紀は粂右衛門の顔は見たことがあるが、清岡の顔は知らない。

そこで店先が見える廊下の端で、粂右衛門たちを待つことにした。しばらくすると何人かの足音が響いて、店の前で止まった。

「ごめんなさいよ。大和田屋がお伺いしました」

敷居を跨いで、粂右衛門が入ってきた。それに続いたのが、二十代後半とおぼしい浪人者だった。話に聞いた通り、身ごなしに隙がない。眼差しは、酷薄そうな光を湛《たた》えている。

　正紀はその様子を一瞥《いちべつ》すると、山野辺の待つ隣室に戻った。

「これは大和田屋さん。ご苦労様でございます。どうぞ、お上がりくださいまし」

　萬蔵は、丁寧な口調で招き入れた。腹の中には渦巻くものがあるはずだが、さすがにそれはうかがわせなかった。いく分かすれ声に聞こえたくらいだった。

　上がったのは、条右衛門と清岡だけである。破落戸たちは、店の土間で待つようだ。何かあれば、土足で上がり込んでくるだろう。

「こちらは、どなたか」

　隣室で息を詰めていると、条右衛門の声が聞こえた。部屋には、すでに長兵衛が控えている手はずだ。知らせていなかったので、条右衛門の声に微かな驚きがあった。

「見届け人としておいでいただいた、長兵衛さんです。傍にいていただくだけですので、どうぞお気遣いなく」

　萬蔵の声が、襖を通して聞こえてくる。正紀と山野辺は、顔を見合わせた。

「なるほど。まあどなたがお出でになっていても、申し上げることは申し上げますが」

　落ち着いた口調で条右衛門は言った。清岡も廊下際に腰を下ろした気配があった。

「長らくお世話になりました。しかしこれで、元利合わせてお返しができます。どうぞお改め下さいませ」

萬蔵が、袱紗《ふくさ》に金子を載せて差し出したのであろう、畳が擦れる音がした。

「ほう。耳を揃えて、お返し下さるというわけですか」

「はい。百二両と、銀二十五匁ございます」

「ううむ」

条右衛門の声に、少なくない驚きがある。

しばらく間を置いてから、問いかけてきた。

「この金子は、どこから」

慎重な口ぶりだ。身じろぎしたのが、衣擦れの音で分かった。

伊勢屋に金がないのは、承知している。

「それはこちらの、長兵衛さんでございます」

萬蔵の声は、相変わらずどこかかすれている。条右衛門に負けまいと、己を鼓舞《こぶ》しているように正紀には感じた。

「どちらの長兵衛さんで」

条右衛門は動じず、さらに問いを重ねた。

「それには、お答えする必要はありますまい。私はただの、見届け人でございますので」

落ち着いた長兵衛の声だ。

「いや、違いますよ。金を出したのがあなたならば、このやり取りは成り立ちません。私が用立てしたのは、萬蔵さんですからね。他の方の場合には、元金の他に、三割の違約金を頂戴することになります。そのことは証文にも書いてあります」

粂右衛門の声が聞えたのか、店にいる破落戸たちが、何事か声を上げた。どしんと音も立てている。積んであった塩俵を、蹴落としたのかもしれない。

「証文を、反故《ほご》にする気かよ」

だみ声が上がった。それまではしんとしていた破落戸たちは、耳をそばだてていたようだ。

「ふざけるな」

上がり込んだ者もいるようだ。廊下から怒声《どせい》が聞こえた。

「黙りやがれっ」

鋭く一喝したのは、粂右衛門だった。いかにも凄味のある声だ。破落戸たちの動きが止まっている。

だがこの一喝は、子分どもを鎮めただけではない。相手にも脅しを入れたことになる。そのあたりを計算したものだと、正紀は察した。

「いえいえ、これは私が出した金子ではありますが、伊勢屋さんに代わって返すのではございません。大和田屋さんへは、伊勢屋さんが直《じか》にお返しをすることになっています。何の問題もないのではございませんか」

長兵衛は、平然と何事もなかったように口にした。

しばらくの沈黙。粂右衛門と長兵衛は、睨み合っているのかもしれない。植村は片膝《かたひざ》を立てて、腰の刀に左手を添えている。何かあれば、すぐにも飛び出すつもりだ。

「なるほど。そういう仕掛けですかい」

それまでとは違って、砕けた口調になって粂右衛門が言った。

「では、証文をいただきましょう。金子の受取証も、頂戴いたします」

萬蔵が言った。部屋には紙と筆や硯《すずり》も用意していた。

「まあ長兵衛さんとやら、商いが上手くいくといいですねえ」

金を受け取り、署名をした粂右衛門はそう言った。脅しとも受け取れる冷ややかな口ぶりだった。

長兵衛は返事をしなかった。

粂右衛門と清岡が店に出て、履物をつっかけたあたりで、山野辺が襖を開けた。

四

「ともあれこれで、区切りがつきました」

ほっとした顔で、萬蔵は言った。女房の留が、茶を運んできた。

正紀は長兵衛に話しかけた。

「これで桜井屋は、地廻り塩だけでなく下り塩も扱うわけだな」

「はい。これまでは卸先が江戸に限られていましたが、今後は常陸を中心に広がります。萬次郎さんには、ひと働きをしてもらわなくてはなりません」

長兵衛は応じた。

萬次郎は深川の醤油問屋で手代をしていた。野田《のだ》から醤油を仕入れ、関宿や利根川流域の各河岸の問屋へも、品を卸した。霞ケ浦や鬼怒川へも度々出ている。そういうこれまでの暮らしがあるので、まだ若いにもかかわらず、下り塩仲買問屋桜井屋の番頭として受け入れたのである。

単に萬蔵の倅というだけで、引き取ったのではない。それならば手代のままでよかった。働きぶりを確かめて、役割を与えたのである。長兵衛はそういう意味では、したたかな商人だ。

「まだやっている塩田は少ないのですが、私は苦汁《にがり》を抜いた古積塩《こづみしお》を拵えさせています」

「塩にある苦みを除くわけか」

苦汁は豆乳を固めて豆腐にする。しかし塩を舐めて口に残る苦みはない方がいい。

「はい。長く寝かせた良質な塩でございます。そもそも下り塩は、苦渋分を含んだ差塩《さしじお》と呼ばれる品です。この下り塩から苦渋分を抜いて、再製塩として売ることを考えています」

「品質を上げてから売るわけだな」

「良い品ならば、少々高くても人は買います。行徳の塩は、近々下り塩を凌駕するような味わいのある品になります」

「そのためにも、販路を広げたいわけだな」

「さようでございます」

長兵衛は胸を張った。商いの方向に、自信があるらしかった。

「では用意は万端整ったわけだな」

「いえ。そうではありません」

そして続けて、思いがけないことを口にした。

「塩は江戸から行徳へ、そして利根川をへて常陸へ水上輸送をいたします。利根川沿いに、その中継場所として適当な河岸場がないかと探しております」

「何と」

これは魂消た。正紀にしてみれば、もってこいの話ではないか。

「心当たりはあるのか」

「取手河岸や木颪河岸、金江津《かなえつ》河岸なども考えております。ただ取手や木颪には、都倉屋など昔からの問屋が納屋を構えています。そこへ新たに入るのは、悶着の種になりそうで、避けたいと考えております」

これまで伊勢屋が借りていた納屋は、借金が膨らんだ時点で維持できなくなり関わりを断っていた。しかしこれまでのように仕入れは継続的に行うので、早急に納屋が必要だというのが、長兵衛の話の趣旨だった。

「実は過日、女房と関東三社のお参りをしたのは、その下見という意味合いもございました」

「なるほど、そうであったか」

その旅の途中で、長兵衛夫婦と正紀一行は出会ったのだった。

長兵衛が名を挙げた河岸場は、どれも大きな河岸場でいくつもの建物が並んで、町としても多くの者が住み、商いをしていた。水運の要衝といってよい土地だ。だから正紀は、そこに近い高岡にも大きな河岸場を設け、商いを盛んにしたいと願っているのである。

「どうだ、桜井屋の納屋を高岡河岸に持っては」

「はあ」

長兵衛は、とんでもない話を聞かされたという顔をした。ただ正紀の国許であることは知っているので、すぐには断れず言葉を濁したのらしい。

「あそこはよい土地だ。また大きな問屋も入っておらぬ。新たな置場にするには、好都合ではないか」

正紀は、高岡藩の事情だけで口にしたのではない。桜井屋にとっても、他とのしがらみがない分、やりやすかろうという気持ちがあった。

「しかしあそこには、納めるべき堅牢な納屋がありません。ご無礼つかまつりますが、あるのは雨漏りのしそうな古い建物ばかりでは」

利用する側にしてみれば、もっともな話だと思われた。

そこで正紀は提案をした。

「長く使うのだ。桜井屋で建ててはどうか。土地はいくらでも提供するぞ」

正紀は思い付きで口にした。船着場付近には、それなりの広さの空き地もあった。

高岡河岸に桜井屋が定着すれば、塩に限らず他の店や船問屋も使うようになる。荷と共に、船や人が集まってくる。

「できる限りの優遇を、しようではないか」

それで少し、気持ちが動いたらしかった。

「私どもだけで、勝手に使えるわけでございますね」

「それもかまわぬ」

「ならば考えてみましょう。他ならぬ正紀様のお勧めですから」

長兵衛は言った。

そう遠くないうちに、西国から荷が届く。それに間に合うように検討するという段取りになった。

「飛び切りの話だぞ」

高岡屋敷に戻った正紀は、足音を立てて佐名木の部屋に飛び込んだ。長兵衛とのやり取りについて、その内容を伝えたのである。

満足な顔をするかと思ったが、佐名木が渋い顔になったのは大いに不満だった。

「余所者《よそもの》に、土地を勝手に使わせるのは無理でござる」

「長兵衛は、余所者ではない。下妻藩江戸家老園田次五郎兵衛一派の悪事を明らかにするのに、役立った者だ。また塩の問屋として高岡河岸を使うならば、当家へは運上金や冥加金を納めることになるではないか」

「それはそうでございますが、物事には順序があると存ずる」

「どういうことか」

「高岡河岸にある納屋及び周辺の土地は、取手河岸に店を持つ廻船問屋戸川屋忠兵衛《ちゅうべ》《え》の持ち物でしてな。使うとなれば、その代価を戸川屋に払わねばなりませぬ。戸川屋にしてみれば、すでに使わせる取りきめを結んだ相手もあるでしょうから、後から現れた桜井屋に、勝手に使わせるのは無理でございましょう」

設備の悪い今ある納屋を、桜井屋は使わない。しかし空き地も使えないとなると、桜井屋は高岡河岸へは来ない。

「藩で、明け渡しを命じることはできぬのか」

「戸川屋には、何の落ち度もありませぬ。運上金も冥加金も納めております。それを取り上げるのは、いくら当家であっても無謀でございましょう」

佐名木の言うことは間違ってはいない。しかしそれでは、河岸場の繁栄は見込めない。

「ならば戸川屋に、空地へ納屋を建てさせればいいのではないか。桜井屋だけに使わせるという取りきめで貸せばよいのだ」

「その手はあると存じまするが、しかし……」

それでも佐名木の渋面は変わらない。

「何がまずいのか」

正紀は苛立つ気持ちを抑えかねて、強い口調になった。

「国家老園田頼母の妻女は、戸川屋から入っております」

「それは……」

一気に昂ぶりが引いたのが分かった。

園田は、尾張藩の流れをくむ正紀の婿入りにはもともと反対だった。井上一門から婿を得るべきだと考えていたのである。この考えは、先に切腹になった下妻藩江戸家老園田次五郎兵衛と同じだ。

次五郎兵衛とは又従兄弟の関係で、その切腹には内心で正紀に対して恨みと憤りを抱えていると感じている。

「この件が上手くいけば、正紀様のご尽力の賜物《たまもの》となります」

「なるほど」

園田が力を貸すわけがなかった。戸川屋にしても事情は分かっているはずで、黙って首を縦に振るとは思われなかった。

「しかし当たってみなくては、話になるまい」

「それはいかにも」

佐名木も反対はしなかった。園田と戸川屋に、佐名木は文を書いた。

五

正紀と長兵衛が去った後の伊勢屋に、山野辺と植村が残った。萬蔵は今日中に、馴染んだ店舗を立ち去らなくてはならない。

そこでその手伝いということで植村が残ったのである。

「おれは、殺された杵造の最近の足取りを洗うぞ。清岡と杵造が酒を飲んでいたのは、間違いないからな」

山野辺は言った。これは居酒屋の女中から聞いて証言を得ていた。女中は杵造の名を知らなかったが、清岡と三十代半ばの日焼けした男が酒を飲んでいたのは覚えていた。聞き出した風貌は、杵造に違いなかった。

「ええ。何としても、萬太郎の亡くなった事情を解き明かしてくださいまし。都倉屋や大和田屋をそのままにしておいては、萬太郎の無念が晴れません」

萬蔵が応じた。

「いかにも。杵造まで死なせているわけだからな、誅罰《ちゅうばつ》を加えなくてはなるまい」

「倅が亡くなった後は絶望して、一時は店なんかどうでもいい。すべて大和田屋に譲ってしまうしかないと、絶望をしたこともあります。でもそこへ、桜井屋さんが現れた。山野辺様も力を貸してくださった。ありがたいと思っています」

すでに片付けはあらかた済んでいる。部屋の中を見回しながら、萬蔵は言った。そして父の言葉を引きとり、萬次郎が続けた。

「裏に都倉屋や大和田屋の企みがあるならば、狙い通りにはさせたくありません。仇も討ちたいと存じます。どうぞ何かありましたならば、私をお使い下さい。どんなことでも、いたします」

萬次郎は覚悟を決めたように唇を固く結んだ。

「うむ。だがその方は、当面は桜井屋の塩商いに力を尽くさねばなるまい。それが亡くなった兄への供養になるであろうからな」

「それは、もっともでございます」

萬次郎の眼差しに力がこもった。

ここで山野辺は、伊勢屋を出た。向かった先は、杵造の死体が発見された新大橋の西詰近くである。

杵造殺しについては、定町廻り同心や土地の岡っ引きも探索に当たっている。しかし橋袂付近で、犯行らしい場面を目撃した者はいなかった。

そもそも日本橋と深川を結ぶ新大橋は、早朝から深夜まで、数多くの人が通り過ぎる。その中には、怪しげな者や眉を顰《ひそ》めたくなるような者もあった。不逞《ふてい》浪人や破落戸など珍しくもなかったのである。

「さあ。いたかもしれないし、いなかったかもしれない」

杵造や清岡の面貌を伝えても、それらしい手掛かりは得られなかった。そこで山野辺は、今日は橋の下の船着場へ降りた。船着場から足場の悪い土手を歩くと、何棟かの古材で拵えた掘っ建て小屋が並んでいる。そこで聞き込みをしようと考えたのだ。

大人二、三人が横になって足を伸ばせば、それでいっぱいいっぱいの広さだ、住み着いているのは、物貰いや無宿者といったあぶれ者ばかりだ。

ただ新大橋のすぐ近くで、水面に近いところで暮らしている。何かそれらしいものを、見ているかもしれないという思いがあってのことだった。

清岡と杵造が殺害の前日に酒を飲んでいても、それだけでは犯行の証明にはならない。はっきりとした証言や手掛かりが欲しかった。

「さあ。船から落とされたやつがいたら、気づくかもしれないが、そんなことはなかったねえ」

近くに寄っただけで、汗と埃のにおいが鼻を衝《つ》いてくる。悪臭に堪《た》えながら、山野辺は話を聞いた。

「耳にしたかもしれねえ。返答はこれ次第だな」

広げた掌を、ぬっと突き出してきた者もいた。

こういう者は相手にしない。違う者に問いかけをした。

「そういえばあの夜、水音を聞いた気がします」

と告げたのは、蓬髪《ほうはつ》の婆さんだ。橋袂で欠け茶碗を膝前に置いて物乞いをしている姿を見たことがあった。

「音のした方を、見たのだな」

「見ましたよ。小さな荷船が行き過ぎようとしていた」

「船には、侍が乗っていたのではないか」

「たぶん、そうだと思います。でもそれは艪《ろ》を漕いでいた人で、他に人は乗っていませんでした」

一人だけ船に乗った侍が、艪を漕いでいた。直前に声などは聞かなかった。

「侍の顔を、見たか」

被せるように問いかけた。

「それが夕暮れどきでね。薄暗くて、背中に西日が当たっていた。顔なんて見えませんでしたよ」

残念な返答だった。見ようと思って目をやったのではない。ただ腰に刀を二本差していたのは、分かった。

掘っ建て小屋にいたすべての者に、問いかけをした、しかしその光景を見ていたのは、婆さんだけだった。

植村は、萬蔵夫婦の引っ越しを手伝った。行李《こうり》二つを担《にな》った。

「お武家様にこんなことをしていただいて、相済みません」

二人はしきりに恐縮したが、植村にしてみれば苦労といえるものではなかった。引っ越しの手伝いを済ませた植村は、その足で神田豊島町にある大和田屋の住まい近くまで行った。何か変わったことはないかと、探りにきたのである。

四軒離れた先にある古着屋の女房に訊くと、昼前に清岡や破落戸を従えた粂右衛門が戻ってきたという。

「ご機嫌は悪かったですね。鬼みたいな顔をしていて、目を向けるのも怖いくらいでしたよ」

どこか怯えた顔で女房は言った。

粂右衛門にしてみれば、萬蔵の対応が予想外だったに違いない。

植村はしばらく、閉じられたままの黒板塀の板戸に目をやっていた。すると潜り戸から、見覚えのある若い衆が姿を見せた。一人きりだった。

「おや、その方は」

偶然通りかかったふうを装って、植村は声をかけた。

「ああ。この間の、旦那じゃないですか」

利吉という者だ。ぴょこりと頭を下げた。

「どうだ。達者にしているか。主人に可愛がられているか」

と問いかけてみた。

「それが、今日はおかんむりでしてね。よほど腹を立てたようです。邪魔立てした店を、ぶっ潰してやると叫んでいやした」

物言いにゆとりがない。何かを怖れている気配だった。

「何があったのか」

「そいつはちょっと」

言えないという顔をした。植村は、問い質《ただ》すつもりはなかった。

「じゃあ、あっしは」

急ぎの用があるらしく、利吉は走り去って行く。そこで植村は、やや間をあけて後ろをつけてみた。

利吉が向かったのは日本橋箱崎町だった。そして、下り塩仲買問屋の都倉屋に入っていった。

「これは魂消た。早速のご注進《ちゅうしん》か」

植村は驚いて声を漏らした。

六

その夜も、正紀は京の寝所へ行かなかった。「ご気分がすぐれませぬようで」と拒絶されるのが目に見えている。

毎夜、共に過ごしたいわけではない。ただどうしているかと、気にはなる。一日にあったことを、話してみたい気持ちも少しはあった。

「おれたちは夫婦だ」

と思う。だが意志の疎通がうまくいかない。自分も言い過ぎたが、京も頑なだ。

朝になって、閏《うるう》十月朔日《ついたち》になった。洗面を済ませ、奥の仏間へ行った。正国夫婦はまだだったが、京はすでに来て腰を下ろしていた。

「気分はどうか」

どうというつもりもなかったが、正紀は声をかけた。これくらいはよかろうという気持ちだが、緊張がないわけではない。返答次第では、長くなるぞという覚悟があった。

「お陰様にて、良くなりました」

京はきちんと顔を向けて応じた。口元には、微かな笑みさえ浮かべている。

「そ、そうか。ならば重畳《ちょうじょう》」

昨日の朝とはまるで様子が違う。正紀は少なからず面喰った。機嫌を直す何かがあったのかと考えたが、思い当たらない。

「正紀様は、お変わりなく」

と問いかけてきたのにも、仰天した。

昨日とは、まるで違う。「どうした」と問いたい気がしたが、それを口にしてはまた元に戻りそうな気がした。女の心は移ろいやすい、と道場で誰かが言っていた。

「そなたが高岡河岸のことを申した。そこで、あそこを役立てられぬかと考えた」

「まあ」

京も、こちらの言葉に驚いたらしい。

「ただいくつか、片付けねばならぬ問題もある。どうなるか分からぬが、まずはできることをしようと考えている」

「それは何よりでございます。お励みなさいませ」

どこかに目上ぶった口調が残っているが、それは元に戻った証《あかし》のようにも感じた。

京は、庭に目をやった。その視線を追うと、開けた障子の向こうに、紅葉しかけた葉があるのに正紀は気がついた。

「ここの庭は、時季になると紅葉が美しゅうございます。でも根津権現《ねづごんげん》の紅葉は、このあたりでは飛びぬけて美しゅうございます」

「なるほど。では根津権現で、紅葉狩りをいたそうか」

「お連れくださいますか」

「むろんだ。二十日ではどうか」

何も予定のない日を選んだ。

「嬉しゅうございます」

これで仲直りができたと思ってほっとした。朝の日差しが眩しい。廊下から正国らが歩いてくる足音が聞こえてきた。

正紀は高岡藩井上家の世子という立場だから、日々公務がある。他家からの来客や各種の御用商人と会ったり、家臣からの報告を受けたりもする。一通りそれらが済んだところで、佐名木が一通の書状を持って正紀の用部屋へやって来た。

「取手の戸川屋から、返書が参りましたぞ」

「そうか」

待ち遠しく思っていた。早速書状を広げた。

納屋の修復も、空き地に新たに納屋を建てることもしない。理由は利益が見込めない、というものだった。期待していたわけではないが、あっさり断られると力が抜けた。

「空き地に、他の者に納屋を建てさせるのも認めない。小とはいえ高岡河岸を、他の者に勝手に使われるのは、商いの妨げになると書いてある」

読み終えたものを、佐名木に渡した。すでに国許の園田頼母からは、戸川屋次第という返答が届いている。

「示し合わせて、断ってきたのだな」

正紀の、悔しさをにじませた言葉だ。さらに正紀は、思いついたことを口にした。

「ならば新たな場所に、船着場を拵えてはどうか。杭二千本よりも、金はかかるまい」

「それはそうですが」

小さく頷いてから、佐名木は少し間を開けた。そして続けた。

「納屋を作るには、それなりの広さの土地が必要となり申す。田を潰さねばなりますまい」

「うむ」

田を潰しては、本末転倒である。返事ができなかった。

すると佐名木が、思いがけないことを口にした。

「田を潰すとはいっても、広大な土地ではありませぬ。それで運上金や冥加金が得られ、河岸場が賑わい、村に銭が落ちるとなれば、殿も児島殿も反対はいたすまいと存ずるが」

それはそうかもしれないと思う。ただ気になる点も、ないではなかった。

「田を潰すことに、応じる百姓はいるか」

わずかな田でも、百姓にとっては命以上に大切なものだ。先祖代々、命をつなぐ糧として守ってきた。

「その分の年貢を差し引いてはいかがでしょうか」

「なるほど」

金銭的な部分では、百姓の負担はなくなる。後は気持ちの問題だろう。ただ、上から命じるような形にしたくはなかった。無理に取り上げれば、耕作する意欲を削ぐことにもなる。

「小浮村の中彦に、事情を伝えてみてはいかがでしょうか」

佐名木が言った。申彦は村名主彦左衛門の跡取りで、村人からの信頼も篤《あつ》い。堤普請で、正紀と力を合わせた仲である。

そこへ桜井屋の番頭で巳之助《みのすけ》という者が、正紀を訪ねてきた。行徳からわざわざやって来たのである。前に行徳へ行ったときに、正紀は対面している。

先日長兵衛と話したことについて、具体的に詰めた話をするのが目的だった。

「手前の主人は、納屋さえきっちりしたものがあるならば、高岡河岸を使わせていただきたいと考えております」

「それはありがたいぞ」

「ただ初仕入れまで、時日がございません。それに間に合うでしょうか」

それが、桜井屋が出してきた条件といってよかった。これに応じられなければ、他の河岸が選ばれる。

「高岡河岸にある今の船着場や納屋は使わぬ。桜井屋の勝手には出来ぬのでな」

「はあ」

正紀の言葉に、巳之助は怪訝《けげん》な顔をした。

「しかし案ずることではない。船着場は、藩で作る。土地も用意をするので、新しい納屋を桜井屋で建てられぬかという話だ」

納屋を建てる手間と費えはかかるが、以後の使い方は勝手にできる。土地は提供されるわけだから、桜井屋にしてみれば悪い話ではない。

ただその場所については、まだ決まっていないので、少しばかりときが欲しいと伝えた。

「かしこまりました。ただお急ぎいただきとう存じます。私どもでは、納屋造りのための材木を用意いたします」

土地は、土手に接した千坪の広さが必要だという。それくらいないと、用をなさないと巳之助は言った。

「その要望は叶えよう」

正紀は応じた。巳之助が引き上げたところで、正紀は植村を呼び出した。

「その方、高岡の小浮村へ参れ。中彦に詳細を伝え、助力を求めるのだ」

「ははっ」

植村も中彦とは知らない間柄ではない。高岡藩邸前で初めて出会ったときからの関わりである。正紀は書状を記し、植村に持たせた。

七

植村はその日のうちに江戸を発ち、行徳経由で木颪街道を北へ向かった。途中一泊したのち、木颪河岸から船に乗り高岡河岸に降り立った。

二度目の旅である。

利根川は、とうとうと流れていた。土手にある枯草や黄ばんだ葦《あし》が、おりからの風になびいている。河岸には三棟の古びた納屋と、番人のための粗末な小屋があるきりだ。しかし納屋に荷はないらしく、番人の姿は見かけなかった。

納屋は常に使われているわけではないらしかった。米俵の輸送も、すでに済んでいる時季だ。

植村は陣屋へは向かわず、まず小浮村の申彦の屋敷へ足を向けた。刈り取りの済んだ田は、どこか寒々しい。雀《すずめ》が数羽、空の高いところで鳴き声を上げていた。

夏に普請をしたあたりを改めたが、崩れや浸食などの箇所はなかった。新たな修理がなされているところもあって、申彦ら百姓が堤や田を、大事に扱っている様子がうかがえた。

「これは植村様」

屋敷の門をくぐると、庭にいた小作の一人が気付いた。すぐに主人に伝えられ、奥の部屋へ通された。

「いきなりのご来訪で、驚きました」

彦左衛門と中彦が、向かい合って座った。何事だと、うかがう気配が顔に出ていた。

挨拶を済ませた植村は、さっそく正紀からの書状を彦左衛門に渡した。二人が読み終えるのを待ってから、改めて口で説明した。

伊勢屋萬太郎の死には触れない。ただ行徳の地回り塩問屋桜井屋が、下り塩仲買問屋の仲間入りをしたこと。しかし戸川屋の納屋は使えないので新たな納屋のための土地が必要になったと伝えた。

「桜井屋は勢いのある商家でな、扱うのは塩が中心だが味噌醤油なども運ぶ。したがって荷船の停泊も多くなる。村にも銭が落ちることになるので、正紀様や佐名木様は、この話を進めたいと考えておいでになる。そこもとらに、力を貸してもらいたいのだ」

多忙な折には無理だが、農閑期には荷運びの仕事ができる。作った弁当や、草鞋《わらじ》を売って、銭を得ることもできる。正紀から言われたことを伝えた。

「なるほど、悪い話ではないですね」

「いかにも。村が活況を呈すれば、他にも店ができ、さらに村が潤うであろうからな」

申彦は話に乗ってきた。ただ彦左衛門は、渋い顔をした。

「反対をする者はいないでしょう。確かに悪い話ではないですから。しかしだからといって、進んで己の土地を差し出す者がありましょうや。田はご先祖様から受け継いだ、百姓の命でございますからな」

予想した返答である。とはいっても、力を貸したくないと言っているわけではなかった。まずは、村の小前《こまえ》の百姓たちを集めてくれた。

百姓たちも、植村を知っている。共に杭打ちをし土嚢《どのう》を運んだ仲である。植村の話を、一同は真剣な眼差しで聞いた。

「うーん。田を手放すのはなあ」

集まった十七名のうちの三、四名が渋い顔をした。

「しかしな、正紀様のご発案だというじゃあねえか」

「そうだ。村のためにもなりそうだ。小銭を稼げるのならば、ありがてえぞ」

あらかたの者は、賛成だった。渋い顔をした者も、何が何でも反対というのではなかった。

正紀は堤普請に尽力した。その功績を、忘れてはいない。

話し合いとしては、村が用地を提供するという流れになった。ここで中彦が立ち上がって告げた。

「千坪の土地が必要だ。一人でなくてもよかろう。うちでもかまわないのだが、うちの土地は川に面していない。川に面している家から、手を上げてもらわなければなるまい」

言い終えてから、一同を見回した。

それまでは、賛成という声が多かった。しかし手を上げる者はいなかった。

「次作《じさく》、おめえのところはどうだ」

誰かが言った。次作はすぐに首を振った。

「うちは狭い。半分の五百坪でも、先のことを考えると厳しいな」

「おれのところもだ」

当初渋い顔をしたのは、川べりに田を持つ者たちだった。

一刻（二時間）近く話し合いをしたが、結局誰が土地を出すか、決めることはできなかった。総論としては賛成だが、自分の土地を差しだすのは誰もが嫌ということだった。

植村は、無理に土地を差し出せとは言わない。それは正紀から禁じられている。

夕暮れどきになって、植村は高岡の陣屋へ入った。

国家老の園田頼母に挨拶をしにいった。村へ来た理由も伝えた。しかし、すでに園田は、植村が小浮村にいたことを知っている様子だった。

園田は、植村には冷淡な物言いをした。

「百姓を困らせるようなことはするな。このままでは、村にしこりを残すぞ」

と言った。

「無理強いは、何があっても致しません」

「当たり前だ。田畑に関わることだからな。また戸川屋も、話を聞けば面白くなかろう。引き上げられたならば、これまで入ってきていた運上金や冥加金は入らなくなるぞ」

脅しとも受け取れる。

「そこはご家老様より、よしなにお伝えいただければ幸甚《こうじん》でございます」

逆らわず、植村はそう返した。

園田は何も言わず、不快そうな眼差しを向けただけだった。

そして翌日は、彦左衛門の屋敷に、川に接している土地を持つ百姓たちだけが集まった。どの顔も暗く沈んでいた。

「どうだろうか。たとえ半分の五百坪でも出してくれたら、うちの田を代わりに渡してもよいぞ」

と言ったのは、彦左衛門である。集まった者たちは、顔を見合わせた。

「それで、いいんですか」

安堵《あんど》の顔がある。

「仕方があるまい。しかし河岸場として落ち着いたら、茶店くらいは建てさせてもらうがな」

集まった者の中に、八助《やすけ》という中年の者がいた。この男は、今でも困惑の色を顔に浮かべていた。何か言いたそうにしていたので、植村は喋らせた。

「年貢を割引だけでなく、納屋分の土地を十両で買ってもらえませんかね。そしたら、おれとしたら助かるんだが」

これを聞いて、居合わせた者は息を呑んだ。しかし何かを言ったわけではなかった。小さく頷いた者もいる。

八助は金に困っているようだ。

「それで、どうでしょうかね。正紀様と、掛け合っちゃあいただけませんか」

中彦も、その話に乗りたいらしかった。

杭二千本の金も、高岡藩は出せなかった。そこで十両が出せるか、というのは気になるところだが、他に道はなかった。彦左衛門と中彦はもちろん、村人たちも力を貸そうとしてくれているのは間違いなかった。

この結果を、江戸に持ち帰ることにした。

一同が引き上げた後、八助の事情を聞いた。八助は婿で、家付きの女房が長く病に臥《ふ》しているとか。不作が続く中、藩の役に立ち、十両が入るのは大きいだろう。

植村はすぐに草鞋を履いた。江戸へ戻らねばならない。

土地は手に入る。しかし十両という、次の難題が出来《しゅったい》した。

「でもあの方は、何とかするだろう」

植村はそう思っている。ここへは、そう遠くないうちにまた来るぞと考えながら、木颪に向かう船に乗り込んだ。

第三章　納屋新築

一

「ううむ。十両か」

植村の報告を聞いて、正紀は呻き声を上げた。百姓八助が千坪を供出するのはありがたい。しかし金が絡むとは、予想もしなかった。

八助にしてみれば、暮らしの糧である田を手放すのである。年貢の優遇だけでなく、金も欲しいという気持ちが分からないわけではなかった。

ただそれはそれとして、胸の痛くなる思いだった。

「またしても金が、目の前に立ちはだかるのか」

呟きになった。植村は大きな体を小さくして、上目遣いにこちらを見ている。

正紀の横には、佐名木もいる。正紀はそちらへ顔を向けた。

「藩としては、出せぬ金高ですな」

こちらが何かを言う前に、あっさりと返答があった。

言い返す気持ちにはならない。杭二千本の金さえ出せなかった藩に、十両もの蓄え金や余剰金があるとは思えなかった。児島がこの席にいたら、「やめましょう」と言うだけだろう。

「ではどうするか、だな」

正紀はやめるという方向では考えない。手立てを工夫する。

杭の費用は、尾張藩主の伯父宗睦が自分への餞別《せんべつ》として出してくれた。いくら困っても、今度もというわけにはいかない。叔母品が正室として嫁いだ府中藩は、凶作にあえいでいる。日向延岡藩七万石に婿入りした叔父内藤政脩がいるが、ここは十万両にも及ぶ借財に身動きが取れない。

実家である今尾藩竹腰家は、さほど困ってはいない。兄である藩主睦群は尾張藩の付家老も務めている。藩の実権は、隠居をした父勝起が握っているが、ここにも頼めない。高岡藩に入る以上は、己の力で事を成せと告げられていた。

するとこのとき、佐名木が口を開いた。

「いかがでござろうか。それがしが五両、正紀様が五両を出すということでは」

佐名木はこの話を受け入れたいと考えている。方向性は間違っていないと考えているからこそ、己も負担をしようという腹だ。このあたりは児島とは異なるところだ。

「そ、そうだな。それしかあるまい」

五両といっても、絶対の自信があるわけではない。しかし頷くしかなかった。

「何とけち臭い」

とは思う。大名が十両の金を出せず、世子と中老が自腹を切らねばならない。江戸家老は頼りにならず、国家老は足を引っぱろうとさえしている。

「これが一万石の実態か」

己に問いかけると、まぎれもない現実が「そうだ」と応える。その一万石を何とかするために、おれは婿に入ってきたのだと己に言い聞かせた。

佐名木と別れ、正紀は奥の庭に出た。何か手立てはないか、庭にでも出て風に当たりながら、思案してみようと考えたのである。

寒くはないが、風は冷えている。閏月でなければ、もう十一月になっているはずだった。

息を深く吸い込んでから、一気に吐き出す。腰に手を触れさせると指先に脇差が当たった。

「おお、これがあったぞ」

町には質屋なる商いがある。そこへ持って行けば、脇差で金を貸してくれる。そんな話を、戸賀崎道場の兄弟子が話していた。

腰にあるのは、取り立ての名刀ではないが、五両くらいにはなるのではないかと考えた。手放すのは刀身だけにしておき、代わりに竹光でも入れておけばいいだろう。

「正紀様」

そのとき縁側から、声をかけられた。京だった。

「いかがなさいましたか」

「うむ。ちと困ってな」

とぼやくと、京は「お茶でも点てましょう」と言った。馳走になることにしたのである。

茶室で向かい合った。釜が静かに音を立てている。

京は黒の楽茶碗で、薄茶を点てて差し出した。茶の香が鼻を衝いて、一瞬気持ちが安らいだ。

「これは、初めて点ててもらったときの茶碗だな」

正紀は祝言を挙げる前に、ここで京に茶を点ててもらった。黒い碗に緑の茶が、鮮やかに見えた。その場面が頭に甦《よみがえ》った。

「はい。覚えていていただけて、嬉しいです」

京は幼少の折から茶の湯を好んで、師にもついている。尾張徳川家一門の、奥方衆による茶会にも、顔を出していると聞いた。道具類にも詳しい。

「当家にも、優れた茶碗がありますが、これはおばあさまから私が頂戴したものでございます」

気に入っているから、これで点ててくれたのだ。

「何かお悩みのようでございましたね」

「うむ。高岡河岸の件でな」

新たな土地の手立てに道筋ができたものの、金が足りない。自分と佐名木で、五両ずつ用意をすることになったと伝えた。

「佐名木殿は、正紀様の顔を立てたのでしょう。自分が十両すべてを出しては、面目を潰すと考えたのかもしれません」

「なるほど。そうかもしれぬな」

そんなことは、考えもしなかった。

「お役目を果たされよ、という気持ちもあるかもしれません」

「いかにも」

京と話をしていると、自分が気の利かない者だと思われてくる。

「それであなた様は、いかがなさるおつもりで」

と問われて、先ほど頭に浮かんだことを口にした。

「腰の物をな、金に換えようと思う」

「まさか」

呆れた顔で、正紀をしげしげと見つめた。

「大名家の跡取りが、竹光を腰にお差しになるわけですか」

そう言われると、返事ができない。いかにも無策だという気がした。

「違う手立てを、お考えなされませ」

「そ、そうだな」

正紀は仕方がないという顔で頷き、茶室を出た。そして植村を供に、麹町の戸賀崎道場へ出かけた。

師の戸賀崎暉芳を訪ね、五両の借用を申し出たのである。

「そのような大金。わしが持っておると思うのか」

はっはと笑われて終わりだった。ただ師は、日本橋通町《とおりちょう》二丁目にある両替商越前《えちぜん》屋の主人茂左衛門《もざえもん》を訪ねてみろと言った。

「話を聞くぐらいはするだろう」

昔の門弟で、やっとう好きだという。あてにはならないが、ともあれ行ってみた。

日本橋から南に続く、江戸一番の大通りである。大店老舗が櫛比《しっぴ》する中に、間口四間半（約八メートル）の越前屋があった。かなり人の出入りがある。両替だけでなく、どうやら金も貸すらしかった。

ここで戸賀崎の名を出し、主人の茂左衛門と会った。

「それはお困りですな」

茂左衛門は初老の壮健そうな男だった。正紀は、金子の必要なわけと五両という額も伝えた。

「ご用立てをいたしましょう」

あっさりと口にした。

「まことか」

小躍《こおど》りしたい気持ちで言った。

「はい。年利一割二分でいかがでしょう。戸賀崎先生のお口利きですので、特別に低利でご融通いたします。そこで何を担保にしていただけますでしょうか」

と返されて、声が出なくなった。茂左衛門は、利息を取って貸すと言ったのである。担保も必要だった。

己の甘さに、正紀は体が震えた。

金を返さぬつもりは毛頭ない。ただ運上金や冥加金が入ったところで、返すつもりだった。利息ということさえ、頭になかった。軽い気持ちだったが、相手は担保を取って高岡藩に貸すという腹らしかった。そうなると、正紀が用意した金ではなくなる。

「いや、考えよう」

正紀は這《ほ》う這《ほ》うの体《てい》で引き上げた。

とはいっても、他に行く当てがあるわけではなかった。

「五両を作るのも、たいへんですね」

しょんぼりとした顔で、供の植村が言った。

夜になったが、正紀は京の寝所へは行かなかった。金を作る手立てもなく、顔向けができない気がしたのである。また偉そうに何かを言われるのも、面白くない。

ところが侍女を通して、『お越しいただきたい』という言伝《ことづて》があった。何か説教をされるのも面倒だなという気持ちはあったが、ともあれ足を向けた。

「正紀様、これをお使いなさいませ」

向かい合って座ると、京は袱紗包みを差し出した。開くと小判が五枚入っていた。

「これは、いったい」

驚いた。のけ反《ぞ》りそうになったくらいだ。

「あの茶碗を売りました。お気になさることはありません」

「い、いや。気にするぞ」

京が大事にしていた、お気に入りの黒の楽茶碗である。

「いえ、かまいません。お使い下さいまし」

いつも以上に偉そうで、姫様の気まぐれと受け取れないこともない。だが、今日は腹が立たなかった。いや、借りを作ったという思いはあったが、背に腹は替えられなかった。

ますます頭が上がらなくなるぞ、ともちらりと考えた。

ともあれ金は、受け取った。

二

その翌々日、藩の重臣会議があった。正国を始めとして、江戸にいる主だった藩士はすべて顔を揃えた。国許の園田ら重臣には、佐名木が書状を出していて、内容を伝えてある。

すでに返事も来ていた。

三つ目の案件に、高岡河岸に新たな船着場を拵え、下り塩仲買問屋桜井屋の納屋を誘致する件を入れた。概要を伝えたのは、正紀である。

「土地は、百姓八助の田を使う。十両の金子はすでに用意ができ、そこに納屋を建てることは、桜井屋も承知している。いかがでござろうか」

家臣の意見は尊重する。しかし決めるのは、当主の正国だ。国許の園田からは、反対の意見が届いている。田を潰すのは本末転倒、というのが主旨だが、これは前から分かっていた。

「戸川屋からの、運上金や冥加金が、入らなくなるのではないか」

児島が言った。この収入も、藩には大事な金だ。児島はこれを失うことを怖れている。

「新たな河岸が栄えれば、隣接する船着場にも人は流れる。それは戸川屋にも利になるはずでござろう」

佐名木が、児島の疑問を一蹴した。他に反論する者はいなかった。

「では新たな船着場を造り、桜井屋を受け入れるといたそう」

正国が発言して、一同は頭を下げた。事業が、正式に決まったのである。

新たな河岸場造りには、国許の蔵奉行河島が当たった。園田の腹心でない者を、佐名木が選んだのである。

園田はあからさまな不満を口にしたわけではないが、面白く思っていないのは明らかだ。邪魔立てをされるのを避けたのである。

期限の迫った仕事なので、一日も無駄にはできない。

まずは小高い丘の一部を削って、千坪の田を整地してゆく。これに名主の彦左衛門も五百坪を出して、隣接する土地と取り換え、これも用地にした。将来の発展を、見込んだのである。

土運びは、村の者が賦役《ふえき》として行った。

高岡藩と約定を結んだ桜井屋長兵衛は、下り塩仲買商の番頭として雇った萬次郎と手代参吉《さんきち》を伴って河岸へ降り立った。船着場ができ、整地ができた翌日である。

長兵衛の船には納屋を建てるための材木を積んでいた。この船には植村と江戸の徒《か》士《ち》頭《がしら》青山太平《あおやまたへい》、そして五名の大工も同乗していた。

「お世話になります。どうぞよしなに」

まず長兵衛は陣屋へ行き、園田頼母に挨拶をした。進物の品も用意をしてきていた。

納屋の建設に反対する者ではあっても、筋は通すという考え方である。

園田にしても厚遇はしないが、屋敷内に入れて出入りの商人としての扱いはした。

そしてその日の内から、槌音《つちおと》が響き始めた。

長兵衛や萬次郎、参吉は彦左衛門の屋敷に泊まった。大工は、二人の百姓代の家に分宿した。

翌日も納屋造りは、早朝から始まった。豪奢《ごうしゃ》な建物を拵えるわけではないから、骨組みだけは正午の段階で出来上がった。

それを見届けたところで、長兵衛は引き上げて行った。

「よろしくお願いいたします」

植村と青山に頭を下げた。青山は堤普請の帰りに大怪我をして、桜井屋で何日か養生をした。長兵衛に世話になったという気持ちがあるから、今度の河岸場の利用については、力になりたいと申し出ていた。

「おれたちも、できることはしますぜ」

村の者のほとんどが、手伝いにきた。材木を運んだり足場を組んだり、といった作業ならばやれる。急ぎ仕事だから、人手は役に立った。

「昼飯ができたぞ」

刻限になると、声が上がる。近くの農家の女房たちが、握り飯と味噌汁を拵える。五人の大工だけでなく、手伝いの分も用意していた。

大工や奉公人の宿泊や昼飯の代金は、手伝いの者の分も含めてすべて桜井屋が出す。だから嫌がる者はいなかった。不作で村に余分な米はないが、すべてを含めた分を、最初の船で運んできていた。

「たとえ一食でも、うちの米を食わないで済むのは助かる。父ちゃんやあたしだけでなく、婆ちゃんや子どもにも食べさせられるからね。ありがたい」

だから滞在を迷惑がる村人はいなかった。手伝えば日当も貰える。村は、男も女も活気づいた。

「こりゃあいい。荷船もいっぱいきてもらいてえ」

「まったくだ」

村人は言い合った。訪れた者が、金を落としてゆくことに満足したのである。もちろん長兵衛は、この効果を踏まえて、米を持参した。善意だけではない。商人としての計算もある。この河岸場を長く使おうとしている。だからこそ村の者を大事にしたのだ。利用だけすればいいとは考えていない。

だがこの様子を、苦々しい面持ちでうかがっている者がいた。園田とその腹心の者たちである。声掛けもしない。近くに寄ってくるわけでもなかった。

通りすがりに、冷ややかな目を向ける。

百姓たちは、園田らを相手にもしなかった。ただ気になることがあった。江戸から来たらしい菅笠《すげがさ》を被った商人と深編笠の浪人ふうが、普請場の近くまで来て様子を見ていたというのである。昼飯を運んできた女房たちが目にした。

「なんだいあれは」

村人は得体の知れない余所者には、厳しい目を向ける。二人は逃げるように、立ち去って行ったという。

「その商人ふうは、ご陣屋へ入って行ったそうだよ。浪人者は、外で待っていたとか」

「誰を訪ねたんだい」

「それがね、ご家老様らしいよ」

そんな立ち話を、青山は耳にした。

一日の仕事が終わって陣屋へ戻ってから、親しい藩士に事情を尋ねた。

「あれはご家老を訪ねてきたのだ。二人だけで、半刻（一時間）ほど話をしていたぞ」

誰も近づけないようにしていた。どこの誰かも、一部の者以外には伝えられていなかった。

翌日も、活気のある現場になった。屋根が葺《ふ》き上がった。あとは床と壁ができれば、作業は終了する。

「もっと続いてもらいてえ」

そんなことを口にする者がいた。

その頃江戸では、山野辺が相変わらず大和田屋と清岡の調べを続けていた。夕暮れどき、何かが船から落ちる音を耳にしたという物貰いの話から、侍が漕いでいた荷船の目撃者を捜した。けれども見たと証言する者は現れない。

進展がないままに日にちだけが過ぎていく。

そして一昨日から、清岡の姿が見えなくなった。

「どこへ行ったのか」

大和田屋に出入りする破落戸に訊いたが、行き先を知る者はいなかった。

「いつの間にか、いなくなりやしたね」

「もう三日目ですから、遠いところかもしれやせん」

とはいえ、旅姿を目にした者もいない。

そこで都倉屋へ足を向けた。都倉屋の商いの様子は変わらないが、番頭弥七の姿が見えなくなっていた。

山野辺は店先にいた手代に問いかけた。

「へえ、一昨日から上州《じょうしゅう》へ出かけておいでです。なに、珍しいことではありませんよ。仕入れ先に、ご挨拶にうかがったんです」

と答えた。いつものことだが、供など連れていない。五、六日もすれば戻るだろうと言い添えた。

行き先の見当はつかない。そこで近くの船着場へ行って、都倉屋の荷を運んでいるという船頭に問いかけた。

「直に聞いたわけじゃあねえですが、今ごろ弥七さんは下総か常陸あたりじゃないですかね。つい何日か前に、これから仕入れ量が大幅に増える、輸送を頼むと言われました」

「ほう」

詳しく問い返すと、閏十月になってからのことだった。伊勢屋を手に入れたわけでもないのに、仕入量が大幅に増えるとは、どういうことか。

「下り塩仲買問屋で、店を手放す者がどこかにいるのか」

「いや、そんな話は聞きませんが」

船頭は首を横に振った。

山野辺は、ともあれこの件を正紀に伝えておこうと考えた。


たとえ突然の来訪でも、相手が山野辺ならば、正紀は待たせずに会う。ない時間を割いて、足を向けてくれていることが分かるからだ。

向かい合って腰を下ろすと、さっそく新たな知らせをもたらしてきた。

「同じ日にいなくなったのならば、共に出かけたと考えるのが順当ではないか」

「まあ、そうだろう」

正紀の言葉に、山野辺が頷いた。

「ただ商いのためだけならば、清岡は必要ないのではないか」

「いかにも。手代や小僧あたりの方が、役に立つ」

話をしていると、弥七の狙いが見えてくる気がした。

「商いのためではなく、荒仕事をさせるのが目的ではないか」

「それ以外には、考えられぬな」

山野辺は大きく頷いた。

「弥七は、出入りの船頭に仕入れ量が大幅に増えると話したわけだな」

「そうだ。新たな仕入れ先が増えたようではないからな、伊勢屋から引き継いだ桜井屋の商う塩を狙っているのではないか」

「うむ」

それが順当なところだろう。となれば、向かった先は上州ではない。

「二人が足を向けた先は、高岡ではないか」

正紀が思っているのと同じことを、山野辺が口にした。

桜井屋の商いは、今後の高岡藩の財政にも大きな関わりを持ってくる。不正や私利私欲のために、邪魔をさせるわけにはいかない。

山野辺が引き上げた後、植村のもとに、事情を記し、気をつけろという主旨の文を正紀は送った。

三

村には、農閑期だからということで、取手河岸や木颪河岸へ出稼ぎに行った者も少なくない。不作だったからなおさらだ。

村に残った者の多くは、老いていたり、家内に病人がいたりといった、事情のある者だ。彼らにとっては、桜井屋の手伝いは、恰好の賃仕事になった。

もともと高い駄賃など期待していない。弁当が出るだけでも、食い扶持《ぶち》が減ってありがたいのである。

だから手伝いに出た者は、老人でも骨身を惜しまず動く。桜井屋にしてみれば早く仕上げたいので、少々費用がかさんでも好都合といってよかった。

普請を進めているのは、大工の棟梁《とうりよう》と桜井屋の番頭萬次郎である。

「ともあれ、一日でも早く納屋を仕上げなくてはならない」

との意気込みで動いている。晴れ間が続いているのが、幸いだった。

「塩と一緒に、人も運んできてくださいよ」

と声掛けをしてくる村人は少なくない。迎える村の者たちに印象がいいのは、先行きの明るさに繋がる。

「あたしは、桜井屋さんからしか塩や醤油を買いませんよ」

わざわざどこかの婆さんが、告げに来た。

そんな中で、「村に変な侍が現れた」という噂が村人の中から聞こえてきた。深編笠を被った、浪人者である。

萬次郎は、その噂を植村や青山にも伝えた。

「よし、見張っていよう。近くには立ち寄らせぬ」

園田を訪ねてきた、江戸の商人がいたが、侍はその供だと思われる。しかし作業の場に近づいてくることはない。まだ顔を確かめられずにいた。

しかし村内に広がっている噂はそれだけではなかった。陣屋の周辺には、数軒の商家と小さな旅籠がある。この中の一軒が、納屋近くに店を出そうと計画を始めたというものである。

「村が賑やかになれば、変なやつらも入ってくる。不審者については、村の者すべてで目を光らせなくてはなるまい」

村名主の彦左衛門はそう言った。

そうするうちに、さして間を置かず、納屋が仕上がった。

「おう、できたできた」

「あっという間だったな」

建物自体は、戸川屋の納屋よりも二回りほど大きい。材木もたっぷり使っているから、重厚に見えた。仕事が終わってしまって、残念そうに見上げる者もいた。

高岡河岸に、新たな荷を受け入れる場ができたのである。大工や萬次郎は、明日の船で引き上げる。

「今日は、皆で酒でも飲むか」

そんなことを口にした者もいた。

このとき、河岸に立ち寄った荷船が、江戸からの文を運んで来た。植村に宛てられた、正紀からの文だ。

都倉屋の番頭弥七と浪人清岡が、同時に江戸から姿を消したと知らせてきたのである。高岡へ向かっているかもしれないので、注意をするようにという内容だった。

読み終えた植村は、すぐに青山にも読ませた。

「では園田に会った商人は弥七で、深編笠の浪人者ふうは清岡だということか」

二人は顔を見合わせた。どちらも間違いないと思っている。

「邪魔立てをするつもりだな」

「そうでなければ、わざわざここまで来ることはあるまい」

植村と青山は話し合った。

「何をするか」

「大工らが引き上げたところで、打ち壊しにでも来るか」

ないとは言えない。完成したからといって、酒を飲むどころの話ではなくなった。

二人は文を、彦左衛門や中彦にも見せた。

「昼間は、誰かが見ている。ですが、夜もしばらくは見張りをつけようではないですか」

文を読み終えた中彦が、まずそう言った。何かを仕掛けてくるならば、寝静まった夜だろうという判断だ。

「園田様も、関わってくるのでしょうか」

「それは分からぬ。しかし何であれ、納屋は守らねばなるまい」

彦左衛門の言葉に、青山が応じた。

「見張るならば、今夜からとしよう。おれは、納屋に泊まり込むぞ」

「おお、ならばそれがしも。襲ってきたら、いっそ捕えてしまおうではないか」

植村の言葉に、青山が続けた。

「そういたしましょう。ただ弥七なる者は、園田様と繋がっていると考えられます。お二人が陣屋を抜けるとなると、怪しむのではないでしょうか」

中彦は同意したが、疑問も付け足した。

「夜陰に紛れて、陣屋を抜け出せばよいのだ。裏門の番人はそれがしとは気心の知れた者だからな、案ずるには及ばぬぞ」

青山は胸を張った。

「村の者にも、この点について伝えます。事があれば、村中の者が飛び出せるようにいたします」

村を上げて守ると彦左衛門は伝えてきた。

日が落ちてから、植村と青山は陣屋を抜け出した。青山にとっては、勝手の知れた道筋である。月明かりだけでも、道に迷うことはない。

納屋に入ると、萬次郎や大工たちも、ここで布団《ふとん》を敷いて寝る気でいた。

「あっしたちも、せっかく建てたものを、むざむざ壊されちゃたまりませんからね」

棟梁が、一同を代表して言った。

「それはありがたい」

最後の夜だけでもという気持ちで、大工らは寝床に入った。植村と青山は、交代で見張りについた。

利根川の水音が、身近に聞こえた。

隙間風がどこかから入ってくる。夜の川風は冷たいから、寝床に入っていないと寒かった。

申彦が用意してくれた搔い巻きにくるまっていると、横にいる大工たちの鼾《いびき》が聞こえてくる。水音と鼾、それ以外に音はしないか、植村は耳を澄ました。

けれども、人の気配が建物の外から感じられることはなかった。刻々と夜が更けてゆく。

どれくらいときがたったか、植村は少しうとうとしてしまった。夕暮れまで、普請の手伝いをしていた。連日のことだから、疲れが溜っている。

何か焦げ臭いにおいがして、はっと目を覚ました。耳に飛び込んできたのは、流れる利根川の水音だ。寝ている間も、ずっと耳に響いていた。そして大工たちの、鼾である。

だが植村の五感が、それだけでない何かを捉えていた。

まずはにおい。そして皮膚が感じる、室内の空気の動きだ。

「しまった」

植村はがばっと起き上がった。

闇に目を凝らす。壁の一隅に、微かな動きがある。においもそこから漂ってきていた。枕元にあった刀を手に取りながら起き上がる。それを腰に差しながら、戸口に駆け寄った。

閂《かんぬき》はかけていない。勢いよく開けて外に出た。

焦げ臭いにおいが濃くなった。建物の角の向こうに、明かりが見える。そして走り去る何者かの足音が聞こえた。

植村も走って建物の角を曲がる。

「おおっ」

目の前にあるのは、大きな炎の塊だった。納屋の壁が燃えている。油をかけて火を放ったらしく、勢いは強かった。

「付け火だ。付け火だぞ」

まずは声を限りに叫んだ。壁を拳で叩いた。

「おおっ」

という叫び声が建物の内側からあった。ただ炎を見ているわけにはいかない。こんなこともあろうかと、いくつかの桶に水を満たしていた。

桶の置き場へ駆け寄り、水の入った桶を摑んだ。急いで炎のところへ戻って、ばさりとぶちまける。

このときには、青山や大工たちも目を覚まして駆けつけてきていた。

「桶の水を、運んでこい。空の桶には、川から水をくめ」

植村は叫んでいる。

水の桶が手渡された。一人では持ちかねる大きさだが、巨漢の身にはなんていうこともなかった。またしてもばさりと水をかけると、炎が一瞬、小さくなる。

幸い燃えているのは、壁の板ではなく、かけられた油のようだ。

大工らは、二人掛かりで桶を運んでくる。植村の膂力が役に立っていた。そのうち百姓らも駆けつけてきた。

植村は、五つ六つと桶の水をかけてゆく。七つ目で炎が消え、念のためさらに水を二つ続けてかけた。

「消えたぞっ」

と叫んだのは、萬次郎だった。

「おお」

歓声が上がった。提灯《ちょうちん》で燃えたあたりを照らす。焦げた跡が、黒くはっきりと見て取れた。しかし穴があいているわけではなかった。焦げ跡の周辺に異状はない。

「大丈夫だ、このあたりに板を打ち付けておこう、それで充分だ」

大工の一人が言うと、百姓たちはまたしても歓声を上げた。

「おれたちで、守ったんだ」

「そうだ。これからも、誰にも余計なまねはさせないぞ」

いつの間にか、納屋は集まった者たちにとって、大事な場所になっていた。納屋は明日以降も、交代で村の者が守り続けることになった。

四

庭の木々の紅葉も、徐々に色を増してきた。赤や黄、茶の色が目立ってきた。朝夕の風は、きりりと冷たい。

「鬼怒川河岸、下妻藩の新田開発は順調に進んでいるようでござる」

朝の打ち合わせで、江戸家老の児島が報告をした。正国や正紀、佐名木などが話を聞いている。昨日下妻藩の勘定方がやって来て、模様を伝えてきたそうな。

「とりあえずは、四百石の収穫高をめざすとのことで。正広様も、お国入りをなされたとか。当家も、高岡河岸の拡充を急がねばなりませぬ」

児島は桜井屋の河岸利用について、当初は熱心ではなかった。戸川屋が手を引いて、その分の運上金や冥加金が減ることを怖れていた。しかし新たな船着場や納屋もできて状況が変わると、にわかに力を入れて話をするようになった。

「それがしも、前々より河岸の拡充は急務のことと考えており申した」

と正国に恭《うやうや》しく伝えた。

必要な金の手当ては、正紀と佐名木とで分担した。しかしそれについては、一切触れない。

その打合せの後で、植村と青山が江戸の藩邸へ戻ってきた。

「ご苦労であった」

正紀は二人をねぎらった。

「付け火をした曲者《くせもの》については、村を挙げて捜しましたが捕えられませんでした。船着場に船を停めておき、それで逃げたものと思われます」

植村は悔し気に言った。

「再びそのようなことがあってはなりませぬので、中彦らは慎重に見張ると話しております。ただその後には、町人と深編笠の浪人は村に現れておりませぬ」

村の状況については、青山が報告した。

「なるほど、やはり商人というのは都倉屋の弥七で、浪人者は清岡だったのであろうな」

確かめられぬままに、逃げられてしまった。すでに正紀のもとには、山野辺から、昨日は弥七も清岡も江戸に姿を見せていると伝えられている。

「山野辺が弥七に、どこへ行っていたかと尋ねると、常陸の方を歩いたと答えたそうな」

「狸め」

植村が罵《のの》しった。

陣屋の園田のもとへその商人が訪ねたとき、植村は納屋の普請場にいた。商人も浪人者も、顔を見ていなかった。ただ年頃や人相などを聞くと、二人の訪問者は、弥七と清岡に重なる。

ただ確かめるすべはない。

この話をしているところへ、萬次郎が顔を見せた。江戸に着いた折に挨拶に来たが、それに続く訪問である。

「桜井屋になって、最初の西国からの荷の届く日が、はっきりいたしました。今月の二十日にございます」

「近いな。いよいよ下り塩の商いが始まるか」

「はい。伊予国《いよのくに》からの千石船でございます。船は下田《しもだ》に寄港したと、陸路知らせがございました」

「ならば荷降ろしの場を見に行こう」

正紀は言った。その荷は、間を置かず高岡河岸へ運ばれる。最初の塩俵を直に触れてみたいとも思った。藩財政を好転させるための塩俵だ。

ただその日には、何か他に用事があった気がした。しかし初荷への思いが強くて、振り返って考えることはしなかった。

山野辺は、江戸に戻った弥七と清岡の動きをうかがっている。どちらも何事もなかったように過ごしていた。

弥七は箱崎町の都倉屋を住居にはしていない。対岸の南茅場町の裏通りにしもた屋を借りて、そこから店まで通っていた。女房と三歳になる男の子どもがいた。

　山野辺はその近所で、弥七の暮らしぶりを聞いた。

「夫婦仲は、とてもいいようですよ。あの人、ものすごく子どもを可愛がるんです。目に入れても、痛くないというくらいにね。歳をとってできた一粒種だから、掛け替えがないと思っているんでしょうね」

　店での弥七の姿からは、想像もつかない話を聞いた。

「半月くらい遠出をするのは、珍しくないですよ。でもそういうときは、たいへんですよ。出かける前は見ちゃいられないくらい、べたべたしていますよ」

　子守をしていた婆さんは、そう言った。近所の者への物腰も丁寧だという。他にも尋ねたが、弥七の近所の評判は悪くなかった。

「では、またどこかへ行くのか」

「ええ、近く下り物を積んだ大きな船が入るとかで、そうなると荷を届けなくちゃならないようで。大口の客には、番頭さんも出向いて頭を下げるみたいですよ」

「なるほど。忙しいな」

　そこで都倉屋へ行ってみる。手代が店先で、小僧を使って味噌樽の数を改めていた。

「近く、下りの大船が着くようだな。そうなれば忙しくなるのであろうな」

すると手代は、怪訝な顔をした。

「いえ。下り塩の荷は、半月前に着きました。次の荷は、一月ほど先になるはずですが」

と返された。

正紀は翌日、所用があって屋敷を出た。そのついでに、植村を伴って霊岸島富島町の伊勢屋へ足を向けた。

「おお、変わっているではないか」

店から数間離れたところで立ち止まって、声を上げた。建物は変わっていないが、店全体が醸《かも》す空気が明らかに異なっていた。そもそも、屋根の木看板が入れ替わっていた。

新しい看板には、『下り塩商い　桜井屋』と墨書《ぼくしょ》されている。藍の日除け暖簾も真新しい。

新しく雇い入れた小僧が、道に水をまいていた。

もともと下り塩仲買問屋は、塩だけを商うのではない。下り物の醬油や味噌、乾物類なども商う。問屋とはいっても、個人の客が来れば売るから、人の出入りもあって、そのたびに「いらっしゃいませ」という声が聞こえる。

伊勢屋の頃と比べて、はるかに活気があった。

正紀はしばらくそのまま、店の様子を見ていた。

「はて」

ここで正紀は同じように、桜井屋の様子をうかがっている者がいるのに気がついた。

深編笠を被った浪人者ふうである。

「あれは、清岡ではありませんか」

植村が耳打ちをした。

「うむ。そうらしいな」

ただ深編笠の浪人者は、長くはそこにいなかった。しばらくすると店の前から、ゆっくり歩いて去って行こうとした。

正紀の指示がなくても、植村は浪人者をつけて行く。

正紀は桜井屋の敷居を跨いだ。萬次郎だけでなく、そこには長兵衛の姿もあった。

二人は、店の奥で打ち合わせをしていた。いよいよ、明後日《あさって》には荷が着く。

正紀が二人に声をかける。すると小僧が、茶を淹《い》れてよこした。馳走になりながら、仕入れについての段取りを聞いた。

「下り塩は、特に赤穂の名が知られますが、それだけではありません。おおむね讃《さぬ》岐《き》や伊予の塩田で拵えた品が、江戸へ千石の塩廻船などで運ばれます」

讃岐や伊予の塩も、赤穂産に劣らぬ上質な塩だという。

「千石船などは、亀島《かめじま》川には入れまい」

これは前からの疑問だった。

「もちろんでございます。千石船は品川《しながわ》沖まで来て、そこから荷ごとにそれぞれ四、五十石の荷船に載せ替えてここまで運びます」

下り塩問屋は、江戸には四軒あるだけで、桜井屋はその中の松本屋から仕入れている。すでに萬次郎は松本屋から荷受け証文を受け取っていて、これを千石船まで持参して現物と引き換える。

「すでに五十石の荷船で運ぶ段取りは、できております」

今回仕入れる量は、百四十俵あまり。その内の百二十俵が、高岡に運ばれる。

そこへ、深編笠の侍をつけて行った植村が戻ってきた。山野辺と一緒だった。

「あやつは、大和田屋へ入りました。深編笠を取った顔を確かめましたが、清岡に間違いありません」

と報告をした。大和田屋の店の前にいたところで、植村は山野辺と出会ったのである。

「都倉屋には、しばらくは下り物の入荷はない。にもかかわらず弥七は、下り塩を売るために、近く旅に出ることになっているらしい。その意味が分かるか」

「桜井屋の荷を、奪うつもりだな」

山野辺の言葉に、正紀は答えた。長兵衛と萬次郎の顔が、驚きで歪んだ。

荒唐無稽《こうとうむけい》な話とは思えない。弥七や清岡は、高岡河岸の納屋に付け火をした可能性がある。荷を奪うくらいは、訳なくやるだろう。

「海の上で襲えば、見ている者はおらぬからな」

と口にしたのは植村だ。

「そんなことを、させてなるものか」

初荷である。奪われたり水に落とされたりしては、高岡河岸は無用のものとなりかねない。正紀は決意をもって口にした。

もちろん、襲ってくると決まったわけではない。ただ襲撃を想定したうえで、荷運びをしようと打ち合わせたのである。

五

閏十月二十日の朝になった。正紀は、庭の小鳥の囀《さえず》りで目を覚ました。洗面を済ませ、いつものように奥の仏間で正国夫婦や京と共に、読経を行った。京は、取り立てて機嫌がよかった。嬉し気な笑みを向けてくる。

「何か良いことがあったようだ」

と正紀は感じている。しかしそれについて、問いかけたりはしなかった。京も、何かを言ってくるわけでもない。

すると、京は正紀のもとへ、着物を二領持ってきた。

「どちらに、いたしましょうか」

花車と雲鶴《うんかく》を描いた、どちらもしっとりとした柄のものだった。上品な中にも艶《つや》やかな色合いで、どちらも京には似合いそうだった。さすがに大名の姫君、こんな着物を持っているのかと感心した。

しかし胸に浮かんだのは、それだけだった。

「どちらでもよかろう」

と思ったが、それでは愛想がなさすぎる。それで花車の方を指差した。

「ではこちらにいたします」

笑みを浮かべて、花車の方を胸に当てた。

「屋敷を出るのは、なんどきでございますか」

「そうだな。朝の児島らとの打ち合わせが済んでからといたそう」

「はい」

京はそれで引き下がって行った。このとき正紀が頭の中は、桜井屋の仕入れのことでいっぱいだった。問われて口にしたのは、自分が霊岸島の桜井屋へ駆けつけるつもりの刻限だった。

朝の打ち合わせは、いつもよりも早く終わった。そこで正紀は、植村と青山の他二名の藩士を伴って、高岡屋敷を出たのである。

京のことは、頭にない。

桜井屋の店の前には船着場がある。いつもは見かけない大きな荷船が停まっていた。五十石積みの空船である。これから品川沖に出て、百四十俵の下り塩の俵を積む。

「ありがとう存じます。お待ちしておりました」

店の敷居を跨ぐと、長兵衛と萬次郎が迎えに出てきた。すでに山野辺の姿もあった。

船に乗り込むのは、桜井屋の萬次郎と手代、それに三人の小僧だ。これに正紀と伴ってきた四人の高岡藩士、さらに山野辺が加わる。

「これでは、いくら清岡が手練れでも、手出しはできますまい」

長兵衛は、安堵の顔を正紀に向けた。百四十俵となると、店の納屋だけでは収まりきらない。近くにある納屋も、期限を切って借りていた。

「さあ、参ります」

一同が乗り込むと、艫綱《ともづな》が外された。荷船は、川面を滑り出て行く。亀島川を抜けると、そこはすでに江戸の海だった。目と鼻の先に、佃島《つくだじま》が見える。右手近くには、鉄砲洲《てっぽうず》稲荷《いなり》の社殿が樹木に囲まれて見えた。

二艘の小船が、釣り糸を垂れている。その前を、五十石船が舳先を品川方面に向けている。しばらくは、陸地に沿って進んだ。

「あれは西本願寺《にしほんがんじ》の伽藍《がらん》ですね」

「そうだ。あの杜《もり》は、浜御殿《はまごてん》だぞ」

正紀は植村に、指差しをして教えてやる。山野辺も、珍しそうに眼をやっていた。

快晴の空である。海のかなたに目をやると眩しい。

「あれは、房総《ぼうそう》の山々です」

萬次郎が指差す空の彼方に、山の稜線がうっすらと見える。正紀も江戸の海に船で漕ぎ出すのは初めてだった。

船が上下に揺れる。川とはどこか微妙に違う揺れだ。

「海は穏やかに見えても、揺れ方が違いますね」

青山は船端を手で摑んでいる。空で白い海鳥が、鳴き声を上げていた。

浜御殿を過ぎれば、大名屋敷が続く。その向こうに見える大きな杜が、増上寺《ぞうじょう》だった。

「あれが、金杉《かなすぎ》川です。半分近く来ましたよ」

増上寺の南を流れる川だ。芝《しば》もこのあたりまでは、しばしば訪れていた。増上寺や寛永《かんえい》寺への参拝は、毎年欠かさず行っている。

このあたりから、船は陸地から離れ始めた。遥か彼方に、白い大型の帆船が見える。帆を降ろした千石船の姿もあった。

「あの船のどれかですね」

「そうだ」

下り塩との出会いは、正紀にとっても高岡藩にとっても衝撃的だ。三月前には、考えもしなかった。しかしこれからは、河岸場を通して繫がってゆく。うまくいけば、さらに納屋を増やしてもいいと考えていた。

「藩を活かすのは、なにも新田開発だけではないぞ」

と正紀は考えている。

「江戸の塩輸送は、おおむね四つの廻船問屋によって行われています。今回は塩廻船問屋の船ですが、それだけではありません。塩だけでなく他の荷も運ぶ船があります。それが菱垣《ひがき》廻船や樽廻船、それ以外の廻船問屋の船です。大きな店では、塩問屋が廻船問屋を兼業するところもあります」

播磨《はりま》や伊予、讃岐、阿波《あわ》などから運ばれる塩は、大消費地である大坂にも寄らないことがある。直接江戸へやって来るのだと萬次郎は説明した。

それが前に聞いた、二百万人分の塩である。

「もちろん帰りは、空船ではありません。江戸や関八州《かんはっしゅう》、いや東北諸藩の荷も積みます」

「なるほど、そうやって全国が繋がるわけだな」

「そうです」

「高岡藩は、その橋渡しを担うのだな」

下り塩だけを扱うのではない。高岡河岸ならば、常陸はもちろん東北諸藩の産物輸送の中継地点になれる。

目の前に広がる海原のように、夢は大きい。

「おお、あれが目当ての船だな」

帆を降ろした大型船が、目の前に聳えている。五十石船も大きいと思ったが、千石船の前ではさながら小船だった。

巨大船の船端から、段梯子《だんばしご》が降りている。こちらの船は、そこに横付けをした。萬次郎が、その段梯子を軋《きし》み音を立てて駆け上がった。

待つほどもなく、船の上から身を乗り出した萬次郎が両手を振った。荷運びを始める合図である。

正紀は、周囲に目をやる。不審な船の姿はなかった。

「行くぞ」

段梯子を真っ先に駆け上がったのは、植村だ。これに手代と三人の小僧、高岡藩士が続いた。正紀と山野辺が、段梯子がぶれないように両手で支える役割をする。すでに縄でも結んでいるが、それでも波で小船の方が大きく揺れる。

たとえ一俵でも、海に落とすわけにはいかない。

最初に降りてきたのが、植村だ。これは危なげなく降りてきた。次の小僧は、腰が据わっていない。

「二人で一俵を持て。無理をするな」

正紀は叫んだ。

十俵二十俵と、塩俵が積まれてゆく。無駄のないように、どこへ置くかは船頭が指図《さし ず》した。ほぼ満載になるから、船頭にしてみれば不安定な置き方をしたくないのだ。

最後の一俵を運んだのは、植村である。それで百四十俵を移し終えた。すでに塩俵は、人の背丈よりも高く積まれている。これらには太縄がかけられた。

千石船から萬次郎が降りると、段梯子が引き上げられる。このときには、繋いでいた縄も解かれていた。

「戻るぞ」

船頭が声をかける。五十石船は、巨大船から離れた。船体が揺れる。空船とは違う、全体が沈むような動きだ。船に慣れない侍たちは、少しばかり緊張した。

船は徐々に、陸地に近づく。

だがそのときのことだ。一艘の小船が近づいてきた。荷は積んでいない。編笠を被った侍と他には破落戸ふうの男五人が乗っていた。いずれも屈強そうな体つきをしている。

そして破落戸ふうは顔に布を巻き、左手には長脇差を握っている。すでに鯉口《こいぐち》を切って、右手を柄に添えていた。

「やはり出たな」

山野辺が腕まくりをした。

小船はどんどん近づいてくる。しかし襲撃は、こちらにしてみれば織り込み済みだ。充分な備えをしている。正紀を含めて、こちらには五人の侍がいる。二人の小僧たちも、樫《かし》の棍棒《こんぼう》を握りしめた。

すべての者が、船端にずらりと並んだ。「どこからでも来い」という意気込みだ。

「こちらへ移る前に、腕なり肩なりの骨を砕いて、海に落としてやるぞ」

植村が叫んだ。

小舟の船首近くにいる侍は、その言葉でも怯みを見せなかった。しかし他の破落戸たちは、明らかな狼狽《ろうばい》を見せた。身をのけぞらせた者もいる。

「ひいっ」

と声を漏らした者もあった。

結局その小船は、それ以上近づいてこなかった。そしていつの間にか離れて、見えなくなった。

「いい気味ではないか」

満足そうな声で、萬次郎が言った。気持ちがすっきりしたようだ。

五十石船は、無事に亀島川に入って、桜井屋の船着場に停まった。店から長兵衛が飛び出してきた。待っていた荷運び人足が、声を上げている。

塩俵は、無事に納められるべきところに納まった。


下谷広小路の高岡藩邸に戻ったとき、正紀の気持ちはまだ浮き立っていた。警護に当たらなければ、荷は船ごと奪われてしまったかもしれないのである。

けれども手出しをさせなかった。その満足感は大きかった。

だからこの成果を、すぐにも京に伝えたかった。

「きっと喜んでくれるぞ」

と正紀は思っている。

京のいる奥の部屋へ行こうとしたところで、廊下に立ち塞がった者がいた。いつも京の側にいる侍女だった。

「奥方様は具合がお悪く、臥せておいでございます」

冷ややかな声で告げられた。

「どこが悪いのか」

慌てて問いかけたが、侍女はそれには答えない。

今朝のうちは上機嫌だった。二領の着物を持ってきて、どちらがいいかと尋ねてきた。具合が悪いと言われても、にわかには信じられなかった。

「なぜだ」

と考えた。まったく訳が分からない。すると侍女が、ようやく口を開いた。

「奥方様は、今日の紅葉狩りに出かけるのを、ずっと待ち遠しいとおっしゃっておいででした」

「な、何と……」

腰を抜かすほど、正紀は驚いた。紅葉狩りに連れて行く約束をすっかり忘れていたのである。着物を選べと言ったのは、身につけていくものを決めてほしかったからだと気が付いた。

桜井屋の塩俵のことで、頭がいっぱいだった。京に一言の断りも、詫びもせず屋敷を出てしまった。

「どうしたらよいのか」

見当もつかない。後の祭りだった。

第四章　功を奪う

一

正紀はこの朝も、小鳥の鳴き声で目覚めた。部屋が広く感じて、鳴き声が室内に高く響いてくる。

寝床から起き上がり、室内を見回す。隣に寝ているはずの京の姿がない。

「ああ、一人で寝たのだ」

と思い出した。

下り塩仲買問屋として出発した桜井屋の初荷は、品川沖から霊岸島の店まで無事に運ぶことができた。その役に立てたのはよかったが、同時にとんでもないしくじりをした。

京と約束していた根津権現への紅葉狩りを、すっぽかしてしまったのである。

高岡河岸の利用については、京もその推進を口にしていた。藩政や国許の事情には関心を示さない姫様だったが、正紀の堤普請の一件以来、微妙に態度が変わった。

だからこそ、京は高岡河岸についても発言するようになった。物言いは相変わらず高飛車で、姉さんぶった態度もかわらない。しかし桜井屋の受け入れのために、大事にしていた黒の楽茶碗を手放して五両を用立ててくれた。

京のお陰で、話が進んだのである。

紅葉狩りをすっぽかしたのは、わざとではない。しかし配慮が足りなかったのは確かだった。

「まずは謝らねばなるまい」

正紀は腹を決めた。井上家では、朝は仏間へ行って読経を行う。寝所は別にしていても、そこでは必ず京と顔を合わせる。気まずい思いはあるが、謝罪は先延ばししてはいけない。そう自分に言い聞かした。

ところが京は、仏間に顔を出さなかった。

「具合が、まだよろしくないようです」

昨日の侍女に問いかけると、そっけない顔で応じられた。

前にも、機嫌を損ねたことがあった。しかしそのときでも、朝は仏間に姿を現して読経を行った。今朝はそれもない。

よほど腹を立てているのだろうとは、予想がついた。

「直に言いたいが、できぬ。昨日は済まぬことをしたと、おれが謝っていた。そう伝えてくれ」

正紀は侍女に告げた。

「お伝えいたします」

と侍女は応じたが、冷ややかな眼差しは変わらなかった。

そこで正紀は、姑の和に助けを求めた。事情を知っているのか知らぬのか、怒りや不満を眼差しに載せてきてはいなかった。

「ちと話を聞いていただきたく」

「はて、どのような」

仏間近くの部屋で、向かい合った。京は今朝、仏間に顔を出さなかったが、それについてはわけがあると、正紀はこれまでの経緯を伝えた。もちろん己の不注意で、申し訳ないことをしたという気持ちを根っこに置いて話した。

「婿殿と紅葉狩りに行くとは聞いていましたが、それは昨日でしたか」

和は、初めて聞いたという顔で応じた。ならば京は、母親の和には話をしていなかったことになる。

「さようですか。一言、先に伝えておけばよかったのですが」

「では、腹を立てているのでしょう。あれはなかなか頑固ですから、婿殿も気骨《きぼね》が折れまするな」

他人事のような言い方だった。

「はあ」

場合によっては責められるかと思ったが、それはない。激しく叱られて、それで口添えしてくれるのであれば、それも一つの解決法だが、腹を立てた気配は感じられなかった。

「謝りたいのですが、出会えませぬ」

「それは難渋なされますな」

やんわり返されて、張り合いがない。怒っているのは、どうでもいいと考えているのか、それすら正紀には分からない。

「姑も、なかなかの難物なのかもしれない」

と思ってどきりとした。和は高岡藩先代藩主正森《まさもり》の娘である。

「夫婦のことは、夫婦でな」

満面の笑みを向けると、立ち去って行った。何の手助けにもならなかった。かえって不気味だ。

「困ったぞ」

そこで正紀は、佐名木のところへ行った。知恵を借りられるかもしれないと考えた。

佐名木は、何の反応も顔に浮かばせぬまま話を聞き終えた。

「正紀様が、詫びの気持ちをそのままお伝えするしかありますまい」

即答ではない。しばらく間があったが、当たり障りのないことしか口にしなかった。返答に迷ったようだ。

佐名木も、こういうときには、当てにならないと知らされた。児島には、問いかけてみる気にもならない。

悶々として、正紀は一日を過ごした。

解決の妙案は浮かばない。それで、日暮れてから山野辺を訪ねてみた。この件について、腹を割って話せる相手は他にいなかった。

山野辺は八丁堀《はっちょうぼり》の組屋敷に、母と二人で暮らしている。父を亡くしたばかりで、妻《めと》は娶ってなかった。

山野辺の父が病に臥すまでは、何度も屋敷を訪ねたことがある。

「ほう。おまえらしい、しくじりだな」

話を聞いて、まずそう言われたのは面目なかった。一つのことが気になると、他が見えなくなる。それは前から指摘されていた。

「何か、日頃の京殿の望みを叶えて、償《つぐな》いをしてはどうか」

やや考えた後で、山野辺は口にした。

「日頃の望みか」

正紀は腕組みをして考え込んだ。京の望みとは何だと、振り返って考えたのである。

櫛簪には、こだわりがあるようだ。茶道については、造詣《ぞうけい》が深い。茶器にも思い入れを持っている。だが具体的に、何を望みながら過ごしているかなどについては、話をしたこともなかった。

「食べ物の好みなどでもかまわぬ。好物があるなら、買って侍女に届けさせればよいではないか」

「そ、それはそうだが」

京の好物が何なのか、正紀は知らない。尋ねたこともなかった。

おれはあの女子《おなご》について、何も分かっていないではないか……、と思い至った。

姉さんぶった物言いをする、贅沢好きなお姫様。その程度にしか、考えていなかったのである。

京は祝言を挙げるに当たって、鼈甲の簪を求めようとしていたが、結局はやめた。そしてそれまで関心を示さなかった国許の事情について、知識を得ようとしていた。それは正紀が、国許の堤普請に関わったからだ。

大名家同士の事情で祝言を挙げた間柄ではあるが、京は自分を受け入れようとしている。五両を出してくれたのも、その思いがあるからだ。

しかし自分は、京が何を望んでいるのか、まったく見当もつかない。食べ物の好き嫌いさえ、知らなかった。いや、知ろうとしなかった。

「おれは身勝手だな」

と正紀は、初めて己を責めた。

「名の通った上菓子などどうか。女子は、甘いものが好きだぞ」

山野辺が言った。そうだなとは考えるが、好物かどうか分からないものを渡すのは、気持ちのこもらないやり方だ。それはしたくなかった。

翌朝も、京は仏間に姿を見せなかった。和が何か言ってくるかとも思ったが、それもなかった。

「具合はどうか」

「よろしくないようでございます」

正紀が侍女に問いかけると、予想通りの返答があった。大事にするようにと言伝《ことづて》をしたが、それで何かが変わるとは感じられなかった。

二

深編笠を被った青山は、箱﨑町の都倉屋の様子をうかがいに行った。番頭の弥七は、近く遠路に旅出つ予定があるらしい。それは桜井屋の荷を奪ってのこと、あるいは奪うためのものではないかと、正紀も山野辺も睨んでいる。

巨漢の植村は、先日の品川沖の船上で目立った。そこで昨日今日は、青山が都倉屋を探るように命じられたのである。

今のところ、店の奉公人たちの動きに変化はない。弥七も何事もないように、商いに精を出していた。

小僧のきびきびした動きも前からのものだ。

「いつたくさんの荷が来ても、慌てずにしっかりやります。旦那さんや番頭さんには、いつもそう言われています」

問いかけると、小僧は誰もがそう答える。新しい荷がいつ着くかは、手代にしても、知らない様子だった。

同じ場所に立っていると怪しまれるから、場所を少しずつ変える。ときには箱崎川の対岸の河岸へも行った。茶店や蕎麦《そば》屋にも入った。

青山は見張りという役目には慣れていなかった。それでも必死で続けている。

都倉屋は、人の出入りが少なくない。小売商だけでなく、多数の奉公人などを抱える大店の女中なども顔を見せる。また大名家の御用達にもなっているので、武家の出入りもあった。

その一人一人の顔に目を凝《こ》らす。もちろん知った顔はなかった。

「おや」

そろそろ昼になろうという刻限。一人の旅姿の侍が、行徳河岸に立った。下総行徳からの塩船で、江戸へ出てきたようである。人足たちが、笊に載せた塩を船から運び出している。

歳は三十前後で、低い鼻が上を向いている。笠を被っているが、顔はよく見えた。

見覚えのある顔だ。

「あれは」

どきりとした。高岡藩士で、鵜川治五平《うかわじごへい》という名である。国家老園田の腹心といっていい者だ。

鵜川が江戸へ出てくる予定はなかったはずだ。心の臓が、つんと小さく撥《は》ねたのが分かった。

周囲を見回した鵜川は、そのまま箱崎橋を南に渡った。下谷の藩邸に向かうのではなかった。青山はこれをつける。

足取りに迷いはない。立ち止まったのは、都倉屋の店の前だった。

「ごめん」

鵜川はそのまま店の中に入った。

「いらっしゃいませ」

という声が、中から響く。青山は開いている戸の間から中を覗いた。

鵜川の相手をしているのは、若い手代だ。二言三言会話を交わすと、丁寧に奥へ招き入れられた。訪問を、待っていたかのようにもうかがえた。

都倉屋と園田の腹心では、繋がりがあるとも思えない。だがすぐに、青山はその考えを修正した。

過日、番頭弥七とおぼしい商人が、国許の陣屋へ園田を訪ねていたことを思い出したのだ。そのとき清岡らしい浪人者を、門前で待たせていた。

「これはただ事ではない」

青山は掌に滲《にじ》み出た汗を、袴の尻で拭いた。瞬きもせずに、都倉屋の店先を見詰めた。それからの人の出入りにも、特段の注意を払った。

緊張の時間だ。たっぷり一刻ほど待たされた。

「おおっ」

笠を被った鵜川が、店の外へ出てきた。弥七と手代が、軒下まで見送りに出て、丁寧に頭を下げている。

鵜川は、来た道をそのまま戻り、行徳河岸の船着場に立った。

空の塩笊を積んだ荷船が停まっている。下総行徳へ戻る船で、藁筵に包まれた四角い荷を積み始めた。鵜川は、これに乗り込んだのである。

「訪ねたのは、都倉屋だけか」

これも青山にしてみれば驚きだった。塩船は、そのまま河岸を出て行った。

正紀は、下谷広小路の上屋敷で、佐名木と話をしていた。正紀の用部屋である。晩秋の風が、障子を開けたままの部屋に入ってくる。

庭に面した、日当りのいい部屋だ。世子という立場だから、今尾藩邸にいた頃とは待遇が変わった。樹木の枝が、彩《いろどり》を深めている。赤い葉が、はらはらと舞い落ちるのが見えた。

正紀は京と約束していた紅葉狩りのことを頭に浮かべて、激しく首を横に振る。

「国許の蔵奉行河島から、文が届きました」

佐名木の声で、正紀は我に返った。河島は佐名木と近く、園田の動きについて何かがあると知らせてくる。

もちろん園田も国家老として、高岡の様子を伝えてくるが、それは公式的なものだ。都合の悪いことには、触れられていない。

「園田の様子が、またしてもおかしいという話でございます」

「桜井屋の納屋に、火でもつけようというのか」

「そういうことではなさそうです」

納屋普請の折、弥七らしい江戸からの商人が訪ねて来たが、今度は別の若い商人が、園田と面談したというのである。四、五日前のことだそうな。

常ならば初対面の商人など相手にしない園田だが、腹心の鵜川を交えて半刻ほど話をした。その間、河島に近い者は人払いされたという。

河島は気になったので、知らせてよこしたのである。

「弥七が命じて行かせた者か、あるいは戸川屋の奉公人ではないか」

そんなあたりだろうと、正紀にも見当はつく。ただ話した中身については、見当もつかない。山野辺が調べたことについては、佐名木の耳にも逐一入れている。それらを含めて考えると、戸川屋よりも、弥七の関わりの方が大きそうだった。

「戸川屋は、近くに船着場と納屋ができたことを、嫌がってはいないようです。これは取手に藩士をやって、河島が調べさせています。園田の腹づもりはあっても、戸川屋は商人として高岡河岸の使い道を考えているようです」

「なるほど。桜井屋の納屋が上手くいけば、拡充を図るかもしれぬな」

「いかにも」

となれば、戸川屋は桜井屋の商いについて、邪魔をするとは考えられない。

「園田殿が不満なのは、高岡河岸が賑わうことではありませぬ。それ自体は、自らも望むところでございましょう」

「おれが功を成したことになるのが、気に入らぬのだな」

「はい。うまくいけば、藩士や領民の信頼をより確かなものにいたします」

「機会があれば、死なせたいか」

この正紀の言葉に、佐名木は否定をしなかった。

「数日のうちに、桜井屋は高岡に荷を送ります。取りあえずは、荷の横取りを狙うのではないでしょうか」

「うむ。品川沖では、果たせなかったからな」

あのときは、清岡らしい侍と破落戸だけだった。

「都倉屋と園田殿は、今のところ縁もゆかりもござらぬが、利害は一致いたします。都倉屋の声掛けに、園田殿は乗ると存じまする」

そんなやり取りをしているところへ、青山が駆け戻ってきた。息を切らしている。

正紀と佐名木は、身構えた。国許の鵜川が、江戸へ出てきて都倉屋を訪ねた話を聞いたのである。

「やはりな」

それまで話していたことが、よりはっきりしたと正紀と佐名木は頷き合った。推量にすぎなかったことが、青山の目撃で確信に変わった。

「鵜川は、園田殿の手足になって動いているのでしょう。大東《だいとう》流の遣い手でもありまする」

「これで都倉屋と園田が手を組んだのは、明らかになった。桜井屋の荷をどこでどう襲うか、それを打ち合わせたのであろう」

清岡と破落戸だけならば、それなりの対応ができる。しかし鵜川を始めとする土地勘のある藩士が襲撃に加わるとなると、品川沖のようにはいかない。

「河島には、引き続き園田の動きを探らせましょう」

佐名木はそう告げた。

三

その夜も、正紀と京は寝所を別にした。正紀は、自ら足を向ける気にもなれなかった。

このままでいいとは思っていないが、謝る機会さえ与えられなくてはどうすることもできなかった。

「長引くぞ」

と覚悟を決めて、一人で眠りについた。

翌朝は、真冬の到来を思わせるような冷たい風が吹いていた。色づいた葉が、みるみる落ちてゆく。

正紀は重い気持ちで、仏間へ出かけた。どうせ今朝も、京はいないだろうと思っていた。

ところが、仏間にその姿があった。和と楽し気に話をしている。その姿だけを見ると、何事もなかったように思えてくる。

正紀と目が合うと「おはようございます」と向こうから挨拶をしてきた。

とはいっても、それまで和に向けていた笑みが一瞬にして消えたのが分かった。儀礼的に朝の挨拶をしたという印象だった。

「先日は、す、済まなかった」

正紀はどぎまぎして、それだけをやっと口に出した。もっとあれこれ伝えたかったが、言葉が出てこない。

京はすぐに、仏壇に顔を向けた。読経を始める体勢になっている。正紀もこれに倣《なら》う。

鉦《しょう》の音が響いて、読経が始まった。ちらと横目を使うと、京は瞑目合掌《めいもくがっしょう》して読経の声を上げていた。

お参りが終わって正紀は、京に話しかけようとした。この機会を逃すと、明日まで会えない気がする。

だが京は、その気配を察したのか、そのますっと立って、部屋を出て行ってしまった。読経には出てきたが、正紀の話を聞くつもりは、まるでないことを知らされた。

「このまま機嫌が直るのを、待つしかないのか」

そう考えると、釈然としない気持ちだった。己の至らなさを感じ始めたところである。素直な気持ちで詫びたいのだが、それもさせてもらえない。

自分が腹を立てるのは筋違いだが、気持ちの持って行き場がないことに、苛立ちが募《つの》った。

屋敷にいたくないので、若殿としての用を済ませた正紀は、植村を伴って町へ出た。とはいっても、遊びたいわけでもない。足を向けたのは、亀島町の桜井屋だった。

そろそろ高岡河岸への、荷運びが始まる。詳細を聞いておかねばと思っていた。荷運びは、商いの内だ。桜井屋の問題で、高岡藩や正紀がどうこうする問題ではない。しかし都倉屋や園田頼母がそのままにしておくとは、とても考えられなかった。

最初の荷運びをしくじれば、高岡河岸の利用にけちがつく。正紀にしてみれば、順調な滑り出しをさせたかった。

「ならば、関わらぬわけにはゆくまい」

と決意はできている。

「これは正紀様」

番頭の萬次郎は、帳面を広げて算盤《そろばん》を入れていた。正紀と植村を目にすると手を止めて、奥の部屋へ招き入れた。

「輸送の細かな段取りが決まりましたので、お知らせに参ろうかと思っていたところです」

小僧に茶を運ばせたところで、萬次郎はそう言った。

「うむ。では聞こう」

正紀も、下総や常陸の物資輸送の事情については、関心を持って過ごしている。実際に己の目でも、少しは実情を見てきた。自負も芽生えていた。

「江戸を出立するのは明後日の早朝となります」

「うむ」

運ぶのは百二十俵で、それは前に聞いていた。

「行徳までは、桜井屋の塩船に載せます。行徳からは、陸路で木颪河岸まで運びます。

二十俵ずつ、荷車六台となります」

「木颪河岸から高岡河岸まで、船を使うわけだな」

「さようです。これが一番、費えがかかりません」

行徳から江戸川を上って、関宿に出るという手もある。江戸川と利根川の合流点だ。関宿で荷を積みかえて、利根川を下って高岡に至る経路だ。これだと水路だけで、陸路は使わない。便はいいが、日数と船賃が余計にかかる。しかも船の引継ぎが上手くいかないと、半日なり一日なり、納屋を借りなくてはならなかった。

塩は水に濡らすと、価値が下がる。船着場に置きざらしにはできない。

「なるほど、輸送のための費えは、少しでも削りたいであろうな」

商人の判断としては、当然だと思われた。

ここで正紀は、都倉屋と高岡藩国家老園田頼母の動きについて伝えた。もちろん、大和田屋の清岡が絡んでいることにも触れた。

「決めつけることはできぬが、何か企んでくるだろうことは踏まえておかなくてはなるまい」

「な、なるほど」

萬次郎は目を丸くした。正紀の言葉を、さもありなんと思ったようだ。品川沖に現れた一味の姿が頭にあるのだろう。

「どういたしましょうか」

不安の眼差しを向けてきた。

何でもつい最近、下り塩の荷運びの日を、店の小僧が商人ふうの者から尋ねられたことがあったという。そのときははっきりしていなかったので、答えてはいない。ただその日取りを、探ろうとする者がいたのは明らかだ。

「もちろん、我らも助勢をいたす。むざむざ襲わせるような真似は避けたい。しかしな、相手が当家の者ならば、事を公にするわけにはまいらぬ」

騒動が幕府の耳に入って、それが国家老の指図となれば、藩は幕府から監督不行届きとして処罰を受ける。仮に一石でも減封となれば、井上家は大名でなくなる。

高岡河岸の開発は、正紀の発案で始めた。それが原因で減封になっては、生きてはいられない。

「防ぐ手立てはないか」

と正紀は頭を捻る。すると植村が提案をした。

「向こうは、輸送の日を探ろうとしているわけですよね」

「そうだ。襲う身になってみれば、何よりも知りたいところだろう」

「だったら、違う日を伝えたらどうでしょう」

「うむ。その方も、たまにはよいことを言うな」

これはいい、と考えた。萬次郎も、なるほどという顔をしている。

「一日遅らせた日に、人足を雇いましょう。近所の者にも、それとなく、その日を荷運びの日だと話すとしましょう」

「それがいい。船への荷入れは、高岡藩の者を使えばよかろう」

百二十俵は少ないとはいえないが、できないことはない。

すでに萬次郎は、付き合いのある口入れ屋を通して、明後日早朝の人足の手配を済ませていた。

「では輸送の日を一日遅らせるということで、明後日はなくなる旨を伝えてまいりましょう」

正紀がいる前で、萬次郎は店から出て行った。そして四半刻（三十分）もしないで戻ってきて、にんまりと正紀に笑いかけた。

そして小僧たちにも、発送の日が明々後日《しあさって》の早朝になることを伝えた。敵を騙すには、まず味方からという判断だ。

「それがしは、近隣の者たちにそれとなく伝えましょう」

植村も、ひと働きすることになった。

正紀は先に、高岡藩上屋敷に戻った。事情を佐名木に伝えたのである。

「それでよいでしょう。こちらの企みに気づくかもしれませぬが、そのときはそのときでございますからな」

と、佐名木は応じた。塩俵の船への荷入れは、園田一派に繋がらない佐名木の腹心の者だけで行う。藩邸内でも、桜井屋の出立は明々後日として藩士たちには伝えることにした。

「桜井屋もいよいよ明々後日には下総へ、荷運びを始めるようだぞ」

植村は箱崎橋の袂にある茶店へ入ると、茶と団子を頼んでから給仕の娘に話した。

「船着場は賑わいますね」

「それはそうだ。百五十俵の塩だからな」

少し大げさに言っている。茶店には他の客もいる。話に割り込んではこないが、聞き耳を立てているはずだった。

四

晩秋の日差しを浴びた利根川の水面が、きらきらと輝いている。空は吸い込まれそうなほどに青かった。河岸場に立つと、彼方に筑波《つくば》や赤城《あかぎ》の山々が見えた。

刈入れの済んだ高岡の村々の田は、地べたが覗いてどこか寒々しい。点在する小高い丘の灌木《かんぼく》も、色づいて葉を落とし始めていた。ため池に、枯れ落ち葉が浮いている。

園田頼母とその腹心の鵜川は、新たにできた桜井屋の納屋を視察した。高岡藩の国家老として公式の訪問だから、他にも藩士や小者を引き連れている。

「うむ。堅牢な造りだな」

納屋の中にも入って造作を改めた。

船着場と納屋の間には、小さな番小屋がある。ここには桜井屋が、小浮村の老人を雇って番人として住まわせていた。

「へえ。大嵐があっても、びくともいたしません」

老人は誇らしげな顔をしてから、頭を下げた。

とはいっても、番をしているのは老人一人きりではない。中彦を始めとする小浮村や高岡村の百姓たちも、目を光らせていた。変事があれば、駆けつける態勢は整っている。

　納屋にはすでに何俵かの麦俵と、霞ケ浦の河岸から送られてきた楮《こうぞ》や三椏《みつまた》といった紙の材料になる木材が納められている。利根川や鬼怒川の上流、あるいは江戸へ運ばれる品だ。桜井屋の商いは塩が中心だが、それだけを商うのではなかった。

「数日のうちに、塩俵が百二十俵届きます。そうなったらいよいよ、ここも賑やかになります」

　視察に立ち合った申彦が、そう告げた。

　荷の到着については、陣屋にも桜井屋長兵衛から知らせが届く。ただ船を使うので、日にちに微妙なずれが生じることもある。それでも河岸場の納屋として稼動するのは間違いなかった。

「盛り立てていかねばなるまい」

　園田はもっともらしい顔で頷き、申彦に応じた。

　河岸場として、うまくいってほしいという気持ちに嘘《うそ》はない。田を潰して、その分の年貢米は徴収しない運びになっている。しかしそれに勝る運上金や冥加金が入る見込みが立っていた。

国家老として、藩の実入りが増えるのは歓迎すべき話だ。特に米の不作が続く昨今では、掛け替えのない財源になる。さしたる特産物もなく、新田開発にも限りがある藩の状況については、園田も重々に承知をしていた。

「ただな、あやつに功を立てさせるわけにはゆくまい」

と園田は胸の内で呟く。

又従兄弟でもあった下妻藩江戸家老の園田次五郎兵衛は、配下に正紀を襲撃させたかどで切腹となった。下妻藩の園田家は断絶にこそならなかったが、大幅な減封となったのである。

正紀に対する恨みや憎しみは忘れない。すでに他家の血を井上家に入れない、ということだけが目的ではなくなっていた。

「桜井屋の荷は、奪う」

この決意に、変わりはなかった。

江戸から都倉屋の番頭弥七が訪ねてきたのには驚いた。正紀との不仲を踏まえた上で、話を持ち掛けてきたのである。桜井屋を追い出し、その後釜に都倉屋を据えるという話は、園田にしてみれば渡りに船だった。

とはいっても、弥七の話を鵜呑みにしたわけではない。都倉屋などという屋号は耳にしたこともなかった。江戸の商人の争いなど、関係ない話だ。

ただこれには、乗ってみようと思った。正紀をしくじらせ、他の商人を高岡河岸に入れられれば、一石二鳥の結果となる。

そこで縁戚である戸川屋と、江戸にいる腹心に都倉屋について調べさせた。

都倉屋は、伊勢屋という同業の下り塩仲買問屋を潰して店舗だけでなく商いの方途《ほうと》をも奪おうとした。だがそこに桜井屋が割り込んできた。その桜井屋は、正紀とももともと縁のある者だった。

堤普請の帰路、園田次五郎兵衛の家臣は正紀を襲った。これは結果として墓穴を掘ることになったが、このとき正紀に助勢をしたのが桜井屋だと知らされた。

桜井屋は正紀と組んで、都倉屋の敵になる。

「恨みを晴らす、良い機会ではないか」

園田は、力を貸せという弥七の提案を受け入れた。

「納屋の守りを頼むぞ。船で来て、良からぬことを企む者があるやもしれぬ」

「はい」

これで園田一行は納屋から離れ、視察を終えた。

刈り取られた畦道を歩きながら、園田と鵜川は話をした。前後には、腹心の家臣しかいない。

「あの納屋はよくできている。柱も太く、普請はしっかりしておった。桜井屋は長く使うつもりで、金をかけたのであろう」

「ははっ。そのように見えました」

園田の言葉に、鵜川が応じた。

「だがな、あの納屋には桜井屋の塩は入らぬ」

決めつける口調で、園田は言った。

「村の者は、驚くでしょう。婿殿の労も、無になるわけですからな」

鵜川は、奪い取ることを前提にして頷いている。その段取りについては、打ち合わせを済ませていた。

「塩の色は、持ち主が代わっても白だ」

「さようで。まずは出鼻を挫かねばなりませぬな」

「そうだ。やり損ねてはならぬ」

園田は厳しい口調で言った。鵜川は黙って頷いた。

「桜井屋の商いが潰れても、あの納屋は残る。それを都倉屋が使えばよい。その話はつけてある」

「村の者が怪しむのではございませんか」

「かまわぬ。証拠さえ残さなければ、どうにでもなる。案ずることはない。月日が過ぎれば、百姓どもは忘れる。そういうものだ」

「まずは、桜井屋の商いの芽を摘み取るのでございますね」

「そうだ。あの納屋が手に入り、都倉屋が商うようになったら、その方を河岸場奉行に推挙いたそうではないか」

「ははっ」

鵜川は、大きく頷いた。

これまで、そのような役職はなかった。しかし河岸場が発展すれば、これを束ねる者が必要になる。

「それとな、あのご仁、荷運びについてくるやもしれぬ」

「ま、まことで」

園田の言葉に、鵜川は息を呑んだ。しかし仰天をしたというわけではなかった。もちろん『あのご仁』が何者か、分かって口にしていた。

向こうにしても、正念場だ。あの者の性格ならば、そのまま見送るとは考えられない。

「そのときはな」

園田は小声になった。周囲に目をやってから、続けた。

「機会を得て亡き者にせよ。かまわぬ」

「ははっ」

道中ならば、人目に触れない場面はいくらでもある。

そもそも、大名家の跡取りが勝手に江戸を出ることは許されない。届を出さぬまま江戸を出て変事が起こっても、藩としては事を荒立てるわけにはいかない。病死として届け出るしかないのである。園田にしてみれば、好都合な話だ。

「中彦ら村の者は、無念でしょうな」

「ふん。知ったことではない」

園田は言い切った。

中彦ら村の者は、自分に信頼を寄せていないことは分かっている。今年も不作だったが、検見は厳しくやった。年貢の取り立ては、容赦をしなかったのである。出し惜しむ者には、処罰も行った。

だが気持ちは怯んでいない。なすべきときには、一気にやらなくてはならない。その決意は変わらなかった。

「あの者らが何を言おうが、何も変わらぬ」
その自信はあった。

陣屋へ戻った鵜川は、他三人の藩士と共に旅支度を調えた。表向きの行き先は常陸下妻だが、実際は違う。ただ下妻藩士数名とは。途中で合流する。するべき用意をした上で、事を行う。そのあたりの園田の指図は念入りだった。鵜川も三人の藩士も、園田の腹心の中では腕利きの者ばかりだ。皆、刀の目釘を検めた。そして正午前には、四人の姿は陣屋から消えた。

五

いよいよ明日未明、桜井屋の荷が江戸を出る。荷運び人足や近隣の者には、明後日と伝えているが、都倉屋や大和田屋がどこまでそれを真に受けているかは分からない。そこで山野辺は、手先の者をそれぞれ建物の近くに置いて見張らせていた。
特に注意をするのは、弥七と清岡だ。何かあれば、動くのはこの二人だと考えている。

山野辺自身は、町廻りを続けた。配下に同心が二人いるが、受け持ち区域はご府内全般だ。高積見廻りの役目は、暇ではない。

その日はどういう経路で廻るか、手先にはあらかじめ知らせてある。何かあったら、捜して伝えろと指示してあった。

山野辺は、浜町河岸の道を歩いていた。夕暮れどきである。船からの荷降ろしが済んで、今にも崩れそうな積み方をしている店には、厳しく注意をした。

またまれに、食い逃げ事件や置き引き騒ぎに遭遇することもある。「お役人様」と助勢を頼まれれば、腰に十手を差している者として、知らぬ顔をするわけにもいかない。

「旦那っ」

薪炭《しんたん》屋の番頭に、炭俵の注意をしていると、清岡の見張りに当たっていた手先が、駆けつけてきた。息を切らせている。ようやく捜し当てたらしい。

「やつら、蔵前《くらまえ》の料理屋に集まりましたぜ」

大和田屋を見張っていた手先は、清岡の外出に気付いたのでこれをつけた。すると出かけた先は、浅草黒船町《あさくさくろふねちょう》にある錦木《にしきぎ》という料理屋だった。そこには、すでに顔見知りの男の姿があった。弥七を見張っていた手先である。

弥七の外出をつけて、ここまでやって来たという。

「他には誰がいるのか」

それは分からない。ただ二人で料理屋を見張っても仕方ないので、見張りを一人残して、もう一人が山野辺のもとへ駆けつけてきたのである。

店に入ったのは、半刻ほど前だそうな。

「よし、行こう」

駆け足で、御米蔵《おこめぐら》の先にある黒船町へ向かった。桜井屋の江戸からの初荷は、明日に迫っている。何があるか分からないから、捨て置くわけにはいかない。

「これは、旦那」

店の近くで見張っていた手先が、すぐに姿を現した。

「弥七と清岡は、二人の侍と食事をしています。どちらも、主持ちの侍です」

手先の者が、料理屋の番頭から聞き出した。ただその二人が、何者なのかは分からない。

「高岡藩の者ではあろうな」

それは見当がつく。国許の鵜川という藩士が、都倉屋を訪ねた話は正紀から聞いていた。

何者なのか知っておきたいが、高岡藩士の顔は植村と青山くらいしか分からない。ならば、誰か連れてきて、顔を検分させるしかなかった。

手先二人に見張らせて、山野辺は下谷広小路の高岡藩邸へ急いだ。正紀に面会をしたのである。

「ほう。やつら、悪巧みを練っているわけだな」

正紀はそう応じると、青山をつけてよこした。青山ならば、藩士の顔をすべて知っている。

山野辺は、青山を伴って浅草黒船町へ戻った。だがこのとき、見張っていたはずの二人の手先の姿がなくなっていた。

闇が、通りを覆っているだけだ。

「くそ、間に合わなかったか」

四人の集まりは、終わったものと思われた。手先には、それぞれ二人の主持ちの侍をつけろと命じている。

山野辺は、料理屋に入って番頭を呼び出した。侍を含めた、四人の集まりについて尋ねた。もちろんこのときには、腰に差した十手に手を触れさせている。

「うちにお見えになったのは、初めてでした。夕方、弥七さまという方が見えて、部屋を使えるかとお尋ねになりました」

　空室もあり、身なりもちゃんとしていたので受け入れた。

　四人の客は、出した料理はすべて食べたが、酒は酔うほどは飲まなかった。ひそひそ話をしていて、仲居が部屋に入ると会話を中断した。

　聞かれたくない話を、していたことになる。

「料理の代金は、弥七さんがお払いになりました」

　侍の名は分からない。もてなしたのは、弥七の方だ。

　侍二人の体つきや人相を聞いてみた。言葉で聞く限りでは、「鵜川ではないか」と青山は言った。もちろん断定はできない。

　店の前で、手先が戻るのを待った。四半刻もしないうちに、一人が戻ってきた。

「すいやせん、途中で見失いやした。つけているのを、気づかれたのかもしれやせん」

　この手先は、鵜川らしい者をつけた。侍は両国《りょうごく》広小路に出て、両国橋を東に渡った。しかし橋袂に並ぶ屋台店の中に、紛れてしまった。

　そしてしばらくして、もう一人が姿を現した。この手先は、途中で見失なわなかった。

「下谷広小路の高岡屋敷へ入りました」

「そうか」

山野辺たちとは、違う道で屋敷へ戻ったようだ。

手先は引き取らせ、山野辺と青山は下谷広小路へ戻った。


「そうか、一人はこの屋敷に入ったのか」

山野辺と青山の話を聞いた正紀は、暮れ六つ（午後六時）前から直前まで屋敷から外出していた者を調べさせた。もちろん、極秘にである。

「外出していたのは、表祐筆《おもてゆうひつ》の細谷伝助《ほそやでんすけ》でした」

と知らせが入った。門番が顔を確認している。帰ってきたとき、微かに酒のにおいがしたとか。

「細谷ならば、ありそうですね。あやつは国家老の手先のような者です」

青山が、苦々しい顔で言った。

「ならばもう一人は、鵜川に違いありません。本所のどこかの旅籠にでも泊まっているのでしょう」

続けて植村が口を開いた。正紀も青山も、これに頷く。

「先ほど、国許の河島から文が届いた。鵜川及び三人の園田配下が、陣屋を出たとか。行き先は下妻だそうだが、それはないだろう」

「いかにも」

山野辺が吐き捨てるように応じた。

「桜井屋の荷は明日未明に江戸を出ますが、やつらはそれに気づいているのでしょうか」

植村が疑問を口にした。正紀や山野辺にしても気になるところだ。

荷運び人足の手配は、明後日未明となっている。近所の者にもそう触れていた。しかし荷船だけは、変更をしていない。行徳からの桜井屋の船が、江戸の船着場に停まっている。

その場所は、深川だ。近くに停めては、気づかれる虞《おそれ》がある。明日未明に、店の前に漕ぎ寄せる段取りになっていた。

ただそれでも、気づかれない保証はない。寝ずの番をさせて見張りを立てている可能性も、ないとは言えなかった。

「ただ当家の者が、五名六名と未明に屋敷を出れば、気づくのではないでしょうか」

これを言ったのは青山だ。

「それはそうだ。屋敷内には、細谷だけでなく、いくたりもの者がこちらの動きを探っているからな」

警護には、佐名木の腹心五名を同道させるつもりだった。しかしそれをしては、これから運びますと、告げているばかりに感じられる。

「ならば、どこの者を使うかだな」

山野辺が言った。山野辺にも配下の同心はいるが、これは使えない。となると人の手立てがつかないことになる。

「浪人者を雇うか」

「外部の者に知られるのはまずかろう。後が面倒だ」

妙案が浮かばない。

「今尾藩の者ではどうでしょうか」

そう口にしたのは、植村だ。植村自身も、夏までは今尾藩士だった。手助けを頼める藩士の顔が、頭に浮かんでいるのかもしれない。

「うむ。そうだな」

今尾藩士を使えるならば、細谷らも気づかないはずだ。正紀にとっても実家だから、頼みやすい気がした。

すでに夜分だ。しかし躊躇《ためら》ってはいられない。正紀は馬を引き出した。

「屋敷の者には、朝駆けならぬ夜駆けだとか申しておけ」

赤坂の今尾藩上屋敷へ馬を走らせた。

六

正紀は、ともあれ父勝起に目通りはできた。今にも、寝所へ入ろうとしていたところらしい。

「なんじゃ、このような刻限に。いきなり訪ねて来おって」

機嫌は最悪である。苛立ちの眼差しが、突き刺さってくる。しかしそれに気後れしてはいられない。明日の未明の話なのだ。

「お助けいただきたきことがございます」

正紀は両手をつき、額を畳に擦り付けた。そこで事情を伝え、藩士五人を貸してほしいと訴えた。高岡河岸の利用を進めることで、藩財政の立て直しを図る。今回の桜井屋の江戸からの初荷輸送は、何としても無事に終えなくてはならないと話した。

「桜井屋へは、その方が話をつけたのか」

「ははっ。堤普請の帰路に出会いましてございます」

「小さな縁でも紡いだことは、よしといたそう。人との付き合いとは、そうしたところから始まるものだ」

父はそう言った。不機嫌そうだった顔付きが、話を聞くうちに収まってきたのは幸いである。自分の働きを認め、ねぎらう気配まで感じられた。

「で、では」

助けてもらえると感じた。夜半でも、訪ねた甲斐《かい》があったとほっとした。

だが次の父の言葉は厳しかった。

「勘違いをするなよ。藩財政の立て直しのために、いずれ藩主となる者が労を尽くすのは当然だ。その気概を持って事に当たるのは良しといたそう。だがそれと、当家の藩士を合力させることとは別の問題だ」

もう眠たげな様子は消えている。苛立ちもうかがえない。冷静に考えた上で、断りを口にしている。勝起は言葉を続けた。

「これは高岡藩内部の問題である。藩の国家老が関わっているのならば、それは公になれば御家騒動として処分を受ける事柄だ。たとえ少数の藩士であれ、短期日であっても、当家がそれに関わることはできぬ」

「ははっ」

父は父で、今尾藩を守らなくてはならない。筋の通った話だと、正紀は感じた。それでも、とは言えなかった。

「工夫をいたせ。ここで助けられても、根を正《ただ》さねば、将来にわたり問題の種となる。己の力で事を成してこそ、お家は盤石となる」

この言葉ももっともだ。しかし今日の明日という流れの中では、何の解決にもならない。引き上げようとすると、父が言った。

「乃里《のり》が、その方の身を案じておる。顔を見せよ。まだ起きているはずだ」

「は、母上が」

祝言を挙げてから、正紀が母と顔を合わせたのは一度きりだ。自分の身を案じてくれているというのは、ありがたかった。

母乃里は、播磨龍野《たつの》藩五万一千石脇坂安興《わきさかやすおき》の娘である。勝起の正室だ。

ともあれ正紀は、母のいる奥へ入った。

「夜分にて、まことに恐れ入りまする」

母も、休むつもりだったに違いない。しかし腹を痛めた次男坊の訪問を耳にして、一日会いたいと告げたらしかった。母は、そろそろ五十になる。しかし髪は黒々として、皺《しわ》もない。我が母ながら美貌の持ち主だと正紀は感じている。

「達者に過ごしておるか」

「はあ。父上に願いたきことがあり、夜分にもかかわらず推参いたしました」

その用事については、母は関心を示さなかった。

「京とは、円満にやっておるか」

漆黒の双眸《そうぼう》を向けてきた。正紀は少しどきりとした。

母は、この件に関心があったようだ。京とは、伯母姪という間柄になる。母も茶の湯には関心が深いので、一門の茶会では顔を合わせている。

「ははっ」

と答えたが、言葉に力が入らない。京とは朝の仏間で、顔を合わせただけだった。

できれば京の話題は避けたいが、母はそれを聞きたくて奥へ正紀を呼んだのである。

「京は、好みの黒の楽茶碗を売って、五両を拵えてくれました。高岡河岸に、納屋を造るためにでございます」

面倒な話は割愛して、進めようとしている事業の話をした。

「健気《けなげ》ではないか」

母は頷いた。

そこで言いにくいが、約束した紅葉狩りを忘れてしまった一件を伝えた。これは自分が犯した過ちだから、後悔している点についても触れた。

「その方、相変わらず粗忽者《そこつもの》じゃな」

呆れた顔で言われた。

「女子の気持ちを受け取れぬというのは、男子《おのこ》として小さいぞ」

と付け足された。こういうときの母は、父に劣らず厳しい。幼い頃は、怒らせると母の方が怖いと思っていた時期がある。

「では、どうすればよろしいでしょうか」

「おのれで考えよ」

「はあ」

母は尾張藩邸での茶会のときに、京が点てた茶を黒の楽茶碗で飲んだことがあると告げた。

「いつか機会を得て、その方がひと碗の茶を点ててやってはどうか。心がこもっておれば、あの者はそなたの気持ちを、察するやもしれぬ」

そうは言ってくれたものの、それで済む問題ではないと感じている。

「しっかりなされよ」

と叱咤《しった》された。

結局、わざわざ今尾藩邸まで出向いて、正紀は父と母に叱られただけだった。

高岡屋敷へ戻った正紀は、佐名木の部屋を訪ねた。普段ならばとうに寝ている刻限だが、佐名木は帰りを待っていた。詳細は青山から聞いたと告げた。

「ならば話は早い。手立てを考えなくてはならぬ」

今尾藩の手は借りられない、まずそれを伝えてから正紀は言った。

「そうですな」

佐名木は、少しばかり考える仕草《しぐさ》を見せた。しかし正紀の答えもある程度予想していたらしく、そのまま言葉を続けた。

「では、下妻藩の者を使いましょう」

「ええっ」

これは魂消た。選《よ》りによって何故そこに、という気持ちだ。下妻藩の者になど頼んだら、園田には筒抜けになるではないか。

「いや、下妻藩士は園田殿に与《くみ》する者ばかりではござらぬ。正広様を支持する者らは、やつらの動きを苦々しく思っております」

正広は藩主井上正棠の長男でありながら、長らく世子として届け出がなされなかった。園田一派は、正広を下妻藩から追い出そうと企んでいたのである。これを不満に思う家臣もいて、佐名木はそのことを言ったのだ。

「ならば助力を頼もう」

夜分のことであるが、佐名木はできると応じた。これから愛宕下《あたごした》大名小路の下妻藩上屋敷に人をやるという。

「間に合うか」

「当家にとっては、戦《いくさ》でございますからな。何としても間に合わせましょう」

佐名木は言った。

ただ下妻藩士にしても、多くの者を使うわけにはいかない。せいぜい三、四人までだろうという話になった。

「それで充分だ。おれも植村も、参るといたそう」

正紀が江戸を出るには、幕府への届が必要だが、今日の明日ではそれはできない。しかしだからといって、ただ見送るつもりはなかった。

「何事もなければよいのだ。荷を運び終えたならば、早々に戻ってくるからな」

極秘での行動だ。高岡藩からは、正紀と植村、それに青山も加わる。話はまとまった。

第五章　木凪街道

一

佐名木との打ち合わせを済ませた正紀は、仮眠をとった。未明には屋敷を出て、霊岸島富島町の桜井屋へ行かなくてはならない。

目覚めたのは、明け七つ（午前四時）になる前のことである。外はまだまだ暗い。洗面を済ませると、京の部屋へ行った。まだ寝ているのは分かっていたが、今度も何も告げずに屋敷を出ることはできないと感じていた。

不機嫌であれ何であれ、自分の言葉で江戸を出ることを伝えなくてはならない。うまくいっていないからといって、黙って出ていってしまうのは京に対して卑怯だろう。

正紀は高岡藩井上家の跡取りとして、藩邸内で様々な役目を果たさなくてはならない立場にいる。来客や家臣に会い、打ち合わせにも顔出しをする。

しかしここ数日は、それができなくなる。

その間は、病として佐名木が対処をするはずだが、奥向きには京の力添えが欠かせない。藩のためにすることだから、たとえ自分への反発があっても、京は井上家の面目を潰すようなまねはしない。奥方としての役目を、果たすだろうと信じている。

姫様育ちだから、贅沢で高飛車な一面はある。しかし愚かな女子ではない。

ただ、やはり江戸を出ることを正紀の口から聞くのと、他人の口から聞くのでは、心持ちが違うのは明らかだ。

旅支度を調えた正紀は、京の寝所の前に行った。

声をかける前に、侍女は足音で正紀が現れたことに気付いた様子だ。障子を開けて、顔を見せた。

「まあ」

正紀の身なりに、驚きの目を向けた。

「京に、伝えたいことがある」

と告げると、いったん障子が閉じられた。そしてややしてから、「どうぞ」と障子が開かれた。

部屋に入ると、すでに京は膝を揃えて、正紀が座るのを待っていた。淡い行灯《あんどん》の光が、室内を照らしている。いきなり起こされたこともあってか、表情は硬かった。

「まずは、先日のことを詫びたい。そなたは楽しみにしていたはずだが、おれの心配りが足りなかった。せめて事前に伝えるべきであった。それさえもしなかったのは、おれの愚かさゆえだ」

「…………」

京は返事をしない。ただ見詰め返してくる。目を逸らすことはなかった。

「そなたの助言のお陰で、おれは高岡河岸を使うことを本気で考えた。そして縁があって、下り塩仲買問屋があの地に納屋を建てた。こたびは、そこへ初荷を運ぶ」

正紀は、この河岸をさらに大きくしたいと考えていることを伝えた。高岡藩の財政の苦境を乗り越えるには、他に道筋はないという判断だ。

「そなたが調えてくれた五両は、ありがたかった。あれがあるから、話は進んでいる」

これは紛れもない本心として伝えた。京も、藩政改革に関わっている。そう受け取っていることを分かってほしかった。

京の肩先が、ほんの少しだけぴくりと動いた。

「夜が明けたならば、下り塩百二十俵を高岡河岸へ運ぶ。しかし襲撃を受ける虞が出てきた。これは何としてでも、防がねばならぬ。家中の者が行くのでもかまわぬが、おれはおれの手で守りたい。そなたが大事にしていた楽茶碗を手放してまで力添えをしてくれたことに報いたいからだ」

そして腰に差している家紋のついた印籠を取り出した。

「これは堤普請のときに、そなたがおれに持たせてくれた品だ。此度も腰に差して行く。留守を頼むぞ」

頭は下げない。正紀は向けてくる京の目を見詰め返した。

「どうぞ、お気をつけて」

ここで初めて、京は言葉を発した。微かにかすれた声だった。

話を聞いて、京がどう思ったかは分からない。しかしこれで、伝えるべきことは伝えた。

「では」

部屋を出た。大きな足音は立てない。家臣にも気付かれぬように気を遣いながら、裏門へ行った。

そこには旅姿の植村と青山、それに佐名木の姿があった。

「下妻藩とは、話がつきました。四名の者が、供につきます。無事のご帰館を、お待ちいたしますぞ」

それ以上は何も言わないが、おそらく佐名木は寝ていない。

「では、参るぞ」

正紀は、開かれた潜り戸から屋敷を出た。植村と青山を伴って、霊岸島へ向かったのである。

東の空には、まだ曙光《しょっこう》は見えない。閏十月下旬の、未明の風は冷たい。足元に、枯れ落ち葉が転がってきた。

「おお。船着場には、すでに塩船が停まっていますね」

植村が声を上げた。暗がりの中に、船影が浮かんでいる。

桜井屋の戸は閉じられている。しかし戸の隙間から明かりが漏れていた。青山が近づいて、小さく戸を叩いた。

潜り戸が、内側から開けられた。

「おお、来ていたか」

まず目に飛び込んできたのは、山野辺の顔だった。他に、下妻藩士四人の顔もあった。

「かたじけない」

正紀は礼を言った。

「それでは、荷を運びましょう」

すでに旅姿になっていた萬次郎が告げた。荷主である桜井屋の責任者で、荷運びの中心になる。

「おう」

軋み音を立てて、納屋が開かれた。桜井屋の小僧も含めれば、十数人の者がいる。掛け声は上げず、塩俵を船に運んだ。

四半刻もかからず、百二十俵は船に積み込まれた。

「では、腹ごしらえをしていただきましょう」

小僧たちが、握り飯と湯気の立つ味噌汁を運んできた。

「これはありがたい」

植村が目を細めた。一同は集まって、握り飯に手を出した。熱い豆腐の味噌汁も、腸《はらわた》に染みた。

このとき、山野辺の手先の男が近づいてきた。

「気になることがあります」

と告げたのである。先日、蔵前の料理屋を見張っていた手先の一人だ。店の周辺を見張らせていた。

「どうした」

「このところ、湊橋《みなとばし》の袂で物乞いをしている初老の男がいました。汚い身なりで、近寄ると鼻が曲がるほど臭せえ爺さんなんですが、今見るとその姿がありません」

「何だと」

山野辺の顔が強張った。

その爺さんは、夜になると橋の下へ行って、藁筵にくるまって眠る。そして朝になると、欠け丼を膝の前に置いて物乞いを始めていた。

「昨日の夜に見たときは、橋の下で寝ていました。でも今は、いねえんですよ」

手にあった汁椀を置いて、正紀と山野辺は湊橋まで行ってみた。

橋の下に、人の気配はない。薄汚れた藁筵が一枚、うち捨てられているだけだった。

「都倉屋か、大和田屋が放ってきた間者ではないか」

「うむ。荷運びを知られたかもしれぬな」

二人は顔を見合わせた。

念のため他所を捜したが、それらしい姿はどこにもなかった。こうなると、どうにもならない。弥七が清岡あたりに、出航を知られたと考えるしかなかった。せっかくここまで、内密裡に事を運んできた。それが無になってしまった。しかし怯んでばかりはいられない。

「ともあれ、船出をいたそう」

「おれも、行徳まで行くぞ」

山野辺は言った。町方だから、勝手に江戸を出ることはできない。しかし何が起こるかは分からない。味方は一人でも多い方が心強いのは確かだ。

「行徳ならば、その日のうちに戻れるからな」

山野辺の言葉は、ありがたかった。

二

「では、江戸を出よう」

行方不明になった物乞いについては、船に乗り込む者たちに伝えた。その上で、正紀は出航の合図を送った。

乗り込んだ武家は、正紀と山野辺、青山と植村、それに下妻藩の四人の藩士だ。山野辺の手先や、桜井屋の小僧は船着場で見送った。

五十石積みの船は、川面を進む。大川に出たところで、東の空に、微かな赤みが浮かび出てきた。他に船影がないわけではない。早出の荷船や近隣の村から野菜を運んできた百姓の船も見かけた。

冬の一日が、始まろうとしている。

吹き抜ける川風は冷たいが、船上の者たちは寒さなど感じない。不審な船はないかと、しきりに周囲へ目をやっていた。

小名木川《おなぎ》に入って、さらに東へ進む。徐々に行く手の空が赤らんでくる。河岸の道を歩く人の姿が見え始めてきた。日の出が始まると、徐々に水面は明るくなってゆく。

「これは眩しいな」

東に向かう船は、正面から朝日を浴びる。山野辺は顔を顰《しか》めた。

横川《よこかわ》と南十間川《みなみじつけん》を越えると、五十石船は帆を立てた。船は勢いを増して進んで行く。

「怪しげな船はありませんね。こちらには八人の侍が乗っていますから、手を出すのを止めたかもしれません」

植村が言った。やや緊張が緩んでいる。

「いや、鵜川はやれと命じられたら、必ず攻めてくるぞ。機会を伺っているだけだ」

青山は醒《さ》めた口調で応じた。

「弥七もしぶとい男だな。都倉屋に命じられているのではあろうが、高岡の園田のところまで出向くとは、慎重でしたたかではないか」

藩内事情を、よほど詳しく調べたと思われる。婿に入った跡取りと、国家老の不仲を探り出すのは、容易《たやす》いことではない。

「あやつも、商人として大きくなろうとしたのであろうな」

山野辺は、何かを思い出したという顔で応じ、そして続けた。

「あやつは、あれで家に帰ると様子が変わる。一粒種のまだ幼い倅がいてな、目に入れても痛くないほどの可愛がりようだ。我が子のためにも、稼がなくてはならないと考えているようだ」

「そのためには、手段を選ばぬということか」

「焦りもあるのではないか。都倉屋は人使いが荒い。あの店でなく、他の店に奉公に出ていたら、真当な番頭になったのではないか」

山野辺はそんなことを口にした。

風を受けた帆船は、ぐいぐいと進んで行く。

両岸は人家もまばらになって、枯草や崩れかけた石垣に覆われた土手も見える。ただすれ違う大小の荷船は少なくなかった。中川《なかがわ》や江戸川の上流から、荷を運んできた船である。

そして小名木川も東の果てに来て、中川にぶつかり、船番所の前に出た。

「ここまで来るのは、初めてだぞ」

江戸育ちの山野辺は言った。広い川面や彼方の河岸に目をやっている。小舟が近づいてきて、茶や饅頭《まんじゅう》、餅などを売ってきた。

船はそのまま東へ進み、新川《しんかわ》へ入った。行徳や江戸川へ向かう川筋だ。地回り塩を運ぶ笊の塩船とすれ違った。

「いよいよ、江戸川に入りますよ」

植村が山野辺に声をかける。はるか先に、きらきらと光る大河が見えてきた。江戸から水路三里（約十二キロメートル）の行程だった。

「ここまでは、何事もなかったな」

周囲に目をやりながら、山野辺は応じた。これで終わったとは思っていない顔だ。

行徳の船着場へ着くと、長兵衛や女房のお咲、倅の長左衛門《ちようざえもん》、店の奉公人らが店から出てきた。皆、晴れ晴れとした顔をしている。

高岡河岸の納屋には、常陸で仕入れた麦俵や楮、三椏といった品を納めていたが、それは本筋の商いの品ではない。いよいよ下り塩の荷が運ばれてきたという喜びと満足が、表情に出ていた。

もちろん、この荷を狙っている者がいることは伝えてある。それでも、下り塩を商うのは、長兵衛の悲願だった。

「ありがとうございます。正紀様には、お手数をおかけします」

長兵衛が頭を下げると、長左衛門らもこれに倣った。すでに人足らが待っていて、船から荷降ろしを始める。

荷は、桜井屋の納屋には仕舞われない。店の前には、六台の大ぶりな荷車が待っていた。二十俵ずつ、それぞれの荷車に積まれる。利根川の木颪河岸まで、陸路の輸送だ。すでに荷車を引く人足と、後押しをする人足が、頭数を揃えている。

「まずはお茶でも」

そう言われて、正紀らは桜井屋の店に入る。そのあいだに、荷の積み直しが終わっているはずだった。

「おれは、ちと周辺を廻ってみよう」

山野辺は、不審者がいないか見廻るつもりらしかった。これには、青山も加わった。

荷が運ばれたことに気が付いていたら、前後して鵜川や清岡がやって来るはずだった。商人や漁師、人足、旅人、それなりに人がいる。行徳は、水陸の要衝といっていい土地だ。

茶を飲み終えた頃、二人は戻ってきた。

「怪しげな者はいるが、どうやら荷を狙う者ではなさそうだ」

山野辺が言った。同道した青山が頷いている。この段階で、荷の積み替えも終わっていた。

人足は荷車一台につき、引く者と押す者が一人ずつつく。急な山道などはないから、これ自体は問題ない。

「では先頭は、おれと萬次郎で行こう。しんがりは青山。荷車の間に、植村や下妻藩の者が入るとしよう」

人員の配置は行徳へ来るまでの船上で話し合っていた。

満載の荷車六台が一列になると、それなりの長さになる。目立つのは、仕方がないところだった。

「荷車の間を空けるな。離れたならば声をかけろ。前の者は立ち止まって、後ろの者が追いつくのを待て」

正紀は人足らに命じた。間が離れていると、急な襲撃に堪えられない。襲うなら、そこだと考えていた。防御を頭に入れた発言だ。

「へえ」

声が上がって、それぞれの位置についた。正紀と萬次郎が先頭に立って、歩みを始める。荷車が、軋み音を立てて動き始めた。

山野辺が同道するのはここまでだ。江戸へ向かう荷船に乗り込めるように、長兵衛が手配をしていた。

「油断はならぬぞ」

「はい」

街道を歩き始める。正紀は萬次郎に声をかけた。

しばらくは、民家が並んでいる。人通りもあった。しかし四半刻も歩かないうちに、田に囲まれた道になった。稲は刈り取られ、地肌の剝き出しになった田圃《たんぼ》が広がっている。

正紀にとっては初めての道ではない。地形を見ていると、記憶が戻ってくる。そして、腰に提げている印籠に手を添えた。朝別れた京の面影が、脳裏に浮かんできた。

正紀は度々後ろを振り返る。荷車の音は聞こえるが、小高い丘や林があって道が曲がり、六台が続いているかどうかは分からない。何度も確認したのである。間が空いていたら、立ち止まって追い付くのを待った。

人足は前も後ろも、遠い先は見ていない。地べたに目をやっていれば、前と離れたことに気づかないこともある。

荷車六台が連なるのは、やはり目につく。すれ違う者は、驚きの目を向ける。人気のない道もあるし、見晴らしの良くない場所もある。一里（約四キロメートル）歩いて、八幡宿《やわた》に入った。一人で歩くのとは違うから、思ったほどには進めない。

ここでやや遅い昼食をとることになった。畦道に腰を下ろして、それぞれが食べ始める。

「はて」

正紀は、何者かに見つめられているような気がして、顔を上げた。通り過ぎる旅人はいる。しかし不審な者の姿は見かけられなかった。

八幡宿にとどまったのは、四半刻ほどだ。のんびりはしていられない。厠《かわや》で用をたすと、荷車は前と同じ列を組み動き始めた。

次の鎌ヶ谷宿《かまやや》へは、二里八丁（約八・七キロメートル）の距離がある。

だがこれは、無事に通り過ぎることができた。次の目標は、白井宿《しらい》となる。冬の日差しは傾き始めていた。

進んで行くと、一面の田だけではなく、再び小高い丘や林が点在する道筋に出た。道が曲がりくねってもいた。

立ち止まると、行列のしんがりが見えない。しかも一台目と二台目の間が、いつの間にか開いていた。

「これはまずいぞ」

正紀は、歩みを止めるために声を出そうとした。と、そのときである。ばたばたと、乱れた複数の足音が耳に届いた。

「わあっ」

と声が上がっている。荷を引いたり押したりしていた人足たちが、荷車をそのままにして逃げ出してゆく。

「あれは」

すでに抜刀した覆面の侍五、六名が、押し寄せてきていた。いずれも殺気立ち、気迫のこもった物腰だ。

「出たな」

正紀は走り出した。腰の刀に右手を添え、鯉口を切った。

「曲者だぞ。曲者が現れたぞ」

叫び声を上げながら、腰の刀を抜いた。曲がりくねった道の先の、見えないところにも賊はいる。賊の人数は、見当もつかない。

二台目の荷車の直前にいたのは、下妻藩の若い侍だ。驚いている様子だが、怯んではいなかった。腰の刀を抜いて、応戦しようとしている。

刀と刀がぶつかり合って、高い金属音があたりに響いた。

三

「わあっ」

下妻藩の侍は、最初の一撃を撥ね上げた。両足を踏んばり、安定した動きになっている。そのまま斜め前に出て、賊の右手に回り込んだ。

切っ先を、相手の首筋へ突き込もうとしている。迅速な動きだった。攻めを続ければ、けれどもその侍に、もう一人の賊が、刀身と共に突きかかった。

自分の体が突き刺される。

体を横に回すしかなかった。かろうじて一撃をかわしたが、このとき体の均衡を崩していた。

そこへ攻めを受けなかった侍が、躍りかかった。好機を逃さない動きだ。

「ひいっ」

鮮血が飛んだ。下妻藩士は二の腕を斬られて、刀が手から離れ地べたに突き刺さった。止《とど》めを刺そうとする一撃を、ようやく駆け寄った正紀が撥ね上げた。

「とうっ」

さらに相手の右手の甲へ向けて、切っ先を突き出した。相手はこれを嫌がって、横に飛んでかわした。相手はもう一人いる。それが刀身を突き出してきた。

正紀の動きは止まらない。体をずらしてこの一撃を、下に払い下ろした。勢いづいた肩と肩がぶつかっている。すれ違ったところで、相手の肘を突いた。

切っ先が、微かに相手に触れた気配はあったが、動きは止められない。袖を切っただけで、賊の体は正紀の目前から離れた。

ここで初めて、周囲に目をやった。他の下妻藩士が賊と対峙している。見えないところでも、掛け声や刀のぶつかる音が聞こえた。

賊が何人いるか、まだはっきりしない。しかもそこに、侍ではない者の姿が現れた。人足とも、破落戸とも見える風体《ふうてい》の男たちである。

一人が、荷車の引き棒にしがみついた。もう一人が後ろに回り込んでいる。荷を、奪い取ろうとしているのだった。

「おのれっ」

正紀は、引き出されようとする荷車に駆け寄ろうとした。だがここで、覆面の侍の一撃に襲われた。荷車に駆け寄るどころではない。

塩運びの一行は防戦一方だった。植村や青山、他の下妻藩士の状況が分からない。それぞれの荷車がどうなっているか、見当すらつかなかった。

「なんの。勝手なまねなど、させるものか」

気持ちは焦るが、目の前の敵は攻撃の手を緩めない。正紀は脳天を狙ってきた一撃を撥ね上げ、その切っ先を敵の喉元目がけて突き出した。

しかし敵も、腕を見込まれて襲撃に加わった者たちである。荷を奪い取る目的で、襲撃を仕掛けていた。

敵は、正紀の突きを、予想していたらしい。切っ先でかわして、斜め前に踏み出してきた。一瞬の動きで、あっという間もなく刀身は角度を変えて、こちらの首筋を突く動きに変化していた。

とはいっても、正紀も相手が見えていないわけではない。ほぼ同時に、体の角度を変えていた。迎え討てる体勢になっている。

「やっ」

がりがりと刀身を絡め、身を斜め前に飛ばした。利き足には、力を溜めている。離れ際に、こちらの刀身が相手の肩先を掠ったのが分かった。

深手ではないが、明らかな手応えだった。相手の体がぐらついている。

賊とはいっても、殺すことが目的ではなかった。塩の荷車がどうなっているか、そちらの方が気がかりだった。すでに二台目は、道筋から姿を消している。

正紀は止めを刺す間も惜しんで、道筋を駆けた。三台目の荷車を目指したのである。

「ああ」

自然に声が上がった。荷車はまだあったが、これも破落戸どもが運び出そうとしていた。

そこにいたのは、植村である。植村は巨漢で膂力に優れてはいるが、刀を握ってはからきしだった。すでに二の腕と顎のあたりに、刀傷があった。血が滲んでいる。

ただ致命傷ではなさそうで、必死で気力を振り絞りながら、刀を握っていた。追い詰められた猛獣の気迫があって、相手を手こずらせている。

ここの賊は侍一人だ。

正紀は、荷車を引こうとする破落戸ふうに躍りかかろうとする。腕なり足なりを傷つけてしまえば、荷車を運ぶことはできなくなる。

そもそも、金で雇われた者たちだと思っていた。

「くたばれっ」

だがこのとき、賊の侍が上段からの一撃を植村の脳天に振り下ろした。植村はこれをかわしたが、前には出ずに後ろへ身を引いてしまった。この一撃はそれでしのげる。

だが、相手に突き入る機会を与える。

「馬鹿め」

正紀は荷車を追えない。このままでは植村は心の臓を突き刺される。見捨てるわけにはいかなかった。

地を蹴った正紀は、植村を狙う侍に切っ先を突き出した。これでも、すでに一拍遅い。しかし正紀の切っ先を防御しなければ、相手は串刺しになる。

こちらは突き殺すつもりで、前に踏み込んだ。

賊はその気配を察したのか、体の向きを、こちらに向けた。突き出した正紀の刀と、相手の刀がぶつかって、金属音と共に火花が散った。

「こ、こいつは」

体形に見覚えがある。頭巾を被っているから特定はできないが、清岡ではないかと感じた。こちらに向けた眼差しに、憎しみが見えた。

すっと腰を落とした。安定した身ごなしだ。切っ先が小さく回転して、正紀の顔面に迫ってきた。揺るぎのない動きだ。

体が、寸刻吸い込まれそうになった。呪縛《じゆばく》にかかったように、腕と足の動きが鈍くなった。相手を幻惑するような剣筋である。

「たあっ」

正紀は渾身の気合を込めた声を上げることで、これを振り払って前に踏み出す。こちらの刀身が、迎え撃つように敵の刀を横に払って、相手の眉間に向かう。頭蓋を砕く一撃になっていた。

することで、相手の体が寸刻ふわっと浮いた。刀身だけが、前に出てきた。正紀の一撃を撥ね上げたのである。

そして気が付いたときには、一間（約一・八メートル）ほど間をあけた場所に立っていた。

天狗《てんぐ》か、と見紛《みまが》うような動きだった。

とそのとき、脇にいた植村が手にした刀身を、目の前の賊に向けて突き出した。正紀と賊が縺《もつ》れ合う動きだったから、これまで手出しできなかったらしい。

だが植村の奇襲も見事に相手にかわされた。勢いづいた切っ先は運び出されようとしている塩の俵に突き刺さった。

荷車を引く者は必死だ。植村の動きなど、かまっていられない。がらがらと音を立てて、進んで行く。

そのままでは、刀を持って行かれる。植村は全身の力を込めて、俵から刀身を引き抜いた。

やっとのことで、足が縺れている。巨体が、地べたに転がった。

賊はその体に、切っ先を突き刺そうとした。一歩踏み出せば、それができる位置にいる。

荷車を追おうとした正紀だが、またしても賊の刀身を撥ね上げなくてはならなかった。もちろん、相手に対する怒りも大きい。

「覚悟っ」

さらに刀身を回転させ、相手の内懐へ向けて刀を薙《な》いだ。動きは小さいが、狙いは外していない。

切っ先が何かに触れた。しかしそれは、肉でも骨でもない。着物の懐の部分を斬り裂いただけだった。

相手は、曲がりくねる道を駆けた。するとその先にも、争いがあった。青山と下妻藩の侍が、覆面の侍と対峙している。地べたに、他の下妻藩士と荷運び人足が倒れているのが見えた。

すでに、後続の荷車の姿がなくなっている。

そしてこちらにいる賊も、なかなかの手練れだった。奪って逃げる荷車を、追わせまいとしていた。

一行を、壊滅することが目当てではない。あくまでも荷を奪おうという企みだと感じた。

「きさまは鵜川だな」

下妻藩士の肘を斬った賊の前に出て、青山が叫んだ。しかし相手は、何事もないかのように打ち込んでくる。腕は明らかに、相手の方が上だった。

この戦いに、正紀も加わる。だがこのとき、指笛が鳴った。

賊たちは、一斉に身を引いた。街道から小高い丘に沿った道を駆け出したのである。青山と正紀らはこれを追おうとする。ただ仲間の下妻藩士らは、多かれ少なかれ怪我をしていた。

二の腕をざっくりやられ、深手を負った者もおり、顔が蒼白になっていた。

「このままでは、危ないぞ」

正紀は叫んだ。噴き出た血が、衣服をぐっしょり濡らしている。

「血止めをしろ」

青山は駆け寄って、下妻藩士の腕を取った。腰の手拭いを抜いて、腕のつけ根を強く縛り上げた。

「近くの農家へ運びましょう。このままでは、命を失う」

萬次郎が、近くの農家へ駆けた。戸板を借りて、動けない者を運んだ。医者を呼んでくれと、依頼をしている。

下妻藩の四人の内、重傷が一人、軽傷が二人いた。荷車で、間が空いたところを狙われた。皆それなりの腕の持ち主だが、多勢の敵に奇襲を受けては守勢に回らざるを得なかった。

襲った側にも怪我人が出たはずだが、荷車に乗せて引き上げたようだ。

「荷車はどうなったのだ」

もちろん、肝腎の荷を忘れたわけではなかった。このときには、逃げた人足たちも、二人三人と戻ってきている。

残った荷車は、一台だけだった。五台が姿を消していた。塩俵百俵が、奪われてしまったことになる。

「捜せっ」

正紀は叫んだ。怪我人もいるが、動ける者もいる。正紀も、周辺を駆けた。林や近隣の物置小屋、農家を当たった。しかし百俵の塩俵は、すっかり姿を消していた。

「運ばれていく荷車を見た者はいないか」

家々を聞いて回ったが、冬の田や丘に人は出ていない。通りかかった旅人も、俵を積んだ荷車を目にした者はいなかった。

気が付くと、日は西空の低いあたりに落ちていて、街道はすでに薄闇に覆われ始めていた。

「ど、どうすればいいのか」

正紀は、途方に暮れた。

四

「このあたりで、百俵もの塩俵を隠すことができる場所はあるか」

争いが収まって戻ってきた荷運び人足たちに、正紀は問いかけた。逃げたことは責めない。抜刀した侍に襲われれば、誰でも混乱するだろう。

「さあて」

人足たちは首を傾げた。彼らは、行徳と木颪間の道筋については精通している。しかし途中にある村々に誰が住み、どのような建物があるかまでは知らない。返答のしようがないらしかった。

街道を何度も行き来している青山や萬次郎にしても同じだ。百俵といえば、たいへんな量だ。そう遠くへ運ばれたとは思えないが、捜しようがなかった。

「このままでは、桜井屋は信用をなくします。これからの商いが、できなくなります」

萬次郎は半泣きの声で言った。

最初の商いだからこそ、慎重を期して動いてきた。しかしまんまとしてやられたのである。

夕日が西空に沈み始めた。

「おい、あれは何だ」

青山が、地べたを指差して言った。白い塊が落ちている。

「雪か」

　と植村が言ったが、そんなはずはない。下妻藩の侍が、しゃがんでそれを指でつまみ舐めてみた。

「これは、塩ではないか」

「おお」

　と正紀は声を上げた。植村の切っ先が的を外して、運ばれようとしていた塩俵を突き刺した。あのときこぼれたものだと、気が付いたのである。

「おい、こちらにも落ちているぞ」

　人足の一人が、声を上げた。少し離れた道である。目をやると、確かに白いものが落ちている。

「おや、あそこにも」

　塩は賊が逃げていった方向に、細くとぎれとぎれに続いていた。一同は、顔を見合わせた。

「追うぞ」

　正紀は力のこもった声を上げた。奪われた塩を、取り戻す道筋は断たれていない。

　ただここには二十俵を積んだ荷車一台と、人足たちもいる。皆で動くわけにもいかないので、正紀と植村で塩の跡を追うことにした。

轍《わだち》の跡もある。塩が一摑みも落ちているところがあるかと思えば、しばらくなくて、わずかに白いのに気づくということもあった。あたりはどんどん暗くなってゆく。二人は旅用の携帯の提灯に火をつけた。

曲がりくねった道を過ぎると、細い横道があった。

「ここで、荷車は曲がっていますね」

街道の先の道には、塩は落ちていない。植村は声を落として言った。どこに潜んでいるか分からないから、慎重に動いている。

雑木林に沿った道だ。日は完全に落ちて、西空には赤黒い残照があるばかり。冷たい風が吹き抜けて行く。ただ地べたに残る塩は、はっきりと見えた。

樹木の梢《こずえ》と梢が風でこすれあって、小さな音を立てている。しかし他に音は聞こえない。彼方に、農家の明かりがうかがえた。

林に沿って曲がりくねった道を進む。そして地べたの塩が、いきなり見当たらなくなった。気が付くと、さらに細い横道がある。塩の塊が、そちらにあった。

正紀は顔を上げて、暗がりの先に目を凝らす。すると雑木林の先に建物が見えた。住まいというよりは、掘っ建て小屋とおぼしい建物で、明かり取りらしい窓から微かな光が漏れていた。

心の臓が、いきなり胸の内側で音を立てた。つんと、重い痛みを伴って響いてくる。

「おい」

正紀は、植村の袖を引いた。建物の方向を指差してから、提灯の明かりを吹き消した。

「おおっ」

植村が息を呑んだ。わずかに体を強張らせてから、同じように提灯の明かりを消した。

「あ、あれですね」

頷いた正紀は、足音を殺して建物に近づいた。

枯れ落ち葉を踏むと、微かな音がする。それが闇の中で、思いがけずはっきり聞こえてひやりとした。

壁のところまで近づいた。中から話し声が聞こえてくる。表戸は閉まっていて、打ち付けた板の隙間から、中が見えた。

塩俵を積んだ荷車が、提灯や蠟燭《ろうそく》の淡い明かりに照らされている。数人の侍と、十人ほどの破落戸ふうの姿が見える。酒徳利を直に口に当てて、喉を鳴らして飲んでいる者もあった。

侍の顔を検める。ここでは頭巾などつけていない。まずは鵜川の顔が、はっきり分かった。さらに何名かの、高岡藩の藩士の顔が見える。

もう一人は、清岡だ。弥七の顔もあった。

「はて、他にも侍がいるぞ」

高岡藩の者ではない。三人いて、そのうちの一人の顔に見覚えがあった。下妻藩の侍だ。

「そうか」

園田は下妻藩からも、手ごまを集めたと気がついた。どうりで数の上では、向こうが多いわけが分かった。してやられた形だ。

しばらく、ここで時を稼ぐつもりだとうかがえる。事を荒立てたくないのは鵜川らも同じだ。あきらめてこちらが姿を消すのを待つ腹らしかった。

小屋の出入口は、一カ所しかないことを確かめた。そこで正紀は、植村へ青山らに知らせに行くように耳打ちした。

「気づかれぬように、連れて来い」

一人きりでは、応戦できない。また荷車が別々に逃げられたら、再び捜し出すのは面倒だ。

頷いた植村は、足音を忍ばせながら闇の中へ姿を消した。

できることならば、荷を奪い返すだけでなく、鵜川を始めとする高岡藩士、そして弥七や清岡を捕えたかった。

待つほどもなく、背後に人が近づいてくる気配を感じた。青山や深手を負っていない下妻藩士、それに何人かの人足たちも姿を見せた。彼らは棍棒のようなものを手にしている。

奇襲を受けたときには、恐怖でいったんは逃げた。しかし荷運び人足が、荷を奪われましたで済まないことは、彼らも分かっているはずだった。桜井屋長兵衛は、長く行徳で仕事をしている者を選んで荷運びをさせていた。

彼らは気力を振り絞って、ここへやって来たのだと察した。

そしてその中の一人が、落ちている枯木を踏んづけたらしい。鈍い音と、「あっ」という小さな声を上げてしまった。

人足は慌てて口に手を当てたが、すでに遅かった。小屋の中の話し声が、消えている。殺気立った気配が漲《みなぎ》ったのが分かった。

こちらは襲撃の布陣を調えていなかった。しかしここで、いったん引き上げるわけにもいかない。正紀ら侍は刀を抜いた。

物置小屋の戸が、内側から開けられた。抜刀した黒い影が、外へ飛び出してきた。先頭にいたのは鵜川だ。青山がこれに打ちかかった。

次に高岡藩士である。これには植村が立ち向かった。植村は刀を抜いていない。背丈ほどもある丸太を手にしていた。どこかで拾ってきたのかもしれない。刀より、よほど使いやすいようだ。

正紀は、三番目に出てきた清岡と対峙した。こんどこそ、決着をつけてやると覚悟を決めた。そして他の侍や破落戸たちも飛び出してくる。

こうなると、乱戦は免れなかった。

ただ塩の荷車は、まだ納屋の中だ。正紀たちにしてみると、どこかに持ち去られる気遣いはしなくて済む。

正紀は清岡と、相正眼で向かい合った。

「やはりこの件に絡んでいたな。船頭杵造を口封じのために殺し、大川に投げ込んだのもその方であろう」

正紀は決めつけるように言った。今夜こそ、決着をつけるつもりでいる。

だが清岡は何も口にしない。じりと前に出て、切っ先を揺らした。そしてすぐに、刀身を突き出してきた。

「くたばれっ」

気合のこもった一撃だ。これが清岡の、正紀の問いかけに対する返答だった。

刀の鎬《しのぎ》で受けたが、手が痺《しび》れるくらいの強さと勢いがあった。刀身が擦れ合い、腕と腕がぶつかった。しかし力比べでは、やや相手の方が勝っていた。

正紀は押してくる力を斜め横に流して、小手を打ち付ける。だがその動きは読まれていて、清岡は刀身を引いていた。

しかしそれは、こちらの攻めを避けたのではない。次の瞬間には、肩先を狙う攻撃になっていた。

刀身が、疾風《しっぷう》と共に襲ってきた。正紀は刀で払い上げたが、寸刻向こうの方が動きが早かった。

ちりとした痛みが、肩先にあった。しかしそれで、気迫が削がれたわけではない。手にある刀を、そのまま前に突き出した。それは相手の喉首を狙う位置にいた。

「やっ」

だが向こうの動きも速かった。すっと体が動いて、視界から消えている。正紀の一撃は空を突いただけだった。

「おのれっ」

焦りがある。そしてまたしても疾風が迫ってきた。姿がなくなったわけではない。風のくる方向に目をやった。敵の刀身が、いつの間にか斜め上から振り下ろされてきた。

正紀の腕は、まだ伸びたままだ。一撃をかわせない。

「だめだっ」

と思った瞬間に、新たな風が起こっていた。清岡の刀身に、大きく太いものが突き込まれた。何かは分からないが、それで相手の動きが、瞬間止まった。

その隙は逃さない。相手の体は目の前にあった。正紀は渾身の力を込めて、相手の胴を払った。

肉を裁《た》つ、確かな手応えがあった。

「ううっ」

呻き声が上がった。噴き出す血が腹を濡らし、清岡はそのまま前に斃《たお》れた。

「おお」

ここで正紀は気が付いた。清岡の刀身に横からぶつかってきたのは、植村が突き出した丸太の先端だった。

「救われたぞ」

正紀は叫んだ。

しかし争いはまだ終わっていない。青山は鵜川に追い詰められていた。繰り出される一撃を、かわすのがやっとだった。

正紀はその鵜川の左手に進み出て、刀を突き出した。鵜川はこれを察して、撥ね上げようとする。しかし青山を討とうとしていた体勢からは無理があった。足が縺れかけている。

「とう」

正紀は、その肘を斬りつけた。浅手だが、鵜川は刀を手から落とした。

そこで傍にいた植村が、ぐらついた鵜川の体に躍りかかった。腕と腰を摑んで、地べたに転がした。馬乗りになって顔と腕を地べたに押し付けると、身動きができなくなった。

下げ緒を使って、鵜川を縛り上げた。猿轡《さるぐつわ》も嚙ましている。

清岡が斃れ、鵜川が捕えられたとなると、残った侍や破落戸たちの戦意は喪失していた。逃げられるあらかたの者たちは、闇の奥へ走り去っている。

敵に与した下妻藩の侍の姿もない。形勢が悪くなれば、逃げ足は速い。しょせんは手伝いの者だった。

そして高岡藩の侍二人が、腕と腰を斬られて地べたに蹲っていた。手早くこれも縛り上げた。小屋の中に、もう一人高岡藩士がいた。これは最初の攻撃で怪我をしていた者である。太腿《ふともも》を斬られて、身動きできないでいた。

「ひっ」

萬次郎と破落戸の二人が、商人姿の男の腕をそれぞれに摑んで、引っ立ててきた。逃げようとした弥七を、捕えたのである。これも縛り上げた。

塩を積んだ荷車五台を、ついに取り返した。

「鵜川を始めとする高岡藩士四名、それに都倉屋の番頭弥七を捕えられたのは、上出来でしたね」

満面の笑みを浮かべて、植村が言った。

地べたに清岡が斃れている。もう、ぴくりとも体を動かさなかった。

五

敵であれ味方であれ、手当てが必要な者については、医者に診せた。高岡藩士四名については、手当ての後に猿轡を嵌めた。国家老園田が差し向けた、塩荷を奪おうとした賊徒である。自害などさせるわけにはいかない。

吟味を尽くして、襲撃に至る詳細を白状させなくてはならない。園田の指図が明らかになれば、藩政を揺るがす事件となる。ましてや鵜川は、継嗣である正紀に刃を向けている。

しかしこれは、公にはできない。高岡藩内で処理しなくてはならない事案だった。

夜が明けたならば、幌付の馬車を得て、青山が取りあえず行徳へ運ぶ。塩の荷百二十俵を高岡河岸へ運び終えるまで、桜井屋に預かってもらうことにした。

この馬車には清岡の遺体も載せる。これは塩漬けにして江戸へ運ぶ。大和田屋が襲撃に関わっていたことの物証となるからだ。

納屋に泊まった一同は、馬車を送り出した後、荷車の輸送を再開させる。先頭には正紀と萬次郎がいて、しんがりには植村がついた。

植村が刀で突いて、穴を拵えた俵は三分の一ほどの塩を失っていた。しかし被害はそれで済んだ。塩がこぼれないように、穴は塞いでおいた。

「醤油樽を崩して兄を殺したのは杵造。そして杵造を殺したのが清岡。その清岡も、昨夜命を落としました。因果応報というものでしょう」

歩きながら、萬次郎はそう言った。昨夜は満足に寝られなかった様子だ。朝になって顔を見ると、目の周囲が赤く腫れていた。

「都倉屋も大和田屋も、ただでは済まさぬ。弥七を捕えているからな、必ず白状させて詳細をつまびらかにさせてやるぞ」

「はい」

萬次郎は洟《はな》を啜《すす》り、手にあった手拭いを目に当てた。

とはいっても、それで兄萬太郎が生き返ってくるわけではない。

「おまえは、桜井屋の立派な番頭になれ。塩商人としていっぱしになれば、それが何よりも亡くなった者への供養になるからな」

「…………」

顔に手拭いを当てたまま、萬次郎は大きく頷いた。

六台の荷車が木颪河岸に着いたのは、そろそろ九つ（正午）になろうかという刻限だった。銚子へ向かう三百石の弁才船に、百二十俵を積み込んだ。

「お世話になりやした」

人足たちは、ここで引き上げる。

「これからも、うちの荷をいっぱい運んでいただきますよ」

萬次郎は、桜井屋の番頭の顔になって人足たちに言った。

見覚えのある岸辺に目をやりながら、人と塩俵を積んだ弁才船は利根川を下ってゆく。とうとうとした流れだ。

正紀は船首に立って、高岡河岸が現れるのを待った。

「おお、あれだな」

船着場があって、見慣れた古い納屋の先に、一回り大きい堅固な造りの新しい建物が目に飛び込んできた。

以前は何とも思わなかったが、古い戸川屋の納屋がにわかに貧相に見えたのは仕方がなかった。

弁才船が、高岡の船着場に着いた。太い艫綱がかけられる。

船の到着に気が付いた村の者が、駆けつけて来た。中彦など、見覚えのある顔ばかりだ。

「おお、着いた着いた」

「河岸場も、これから賑わうぞ」

そんなことを言い合っている。

荷降ろしが始まる。これは村の者たちが行う。人足としての、駄賃を得て運ぶのだ。

「ぼやぼやするな。　腰を入れろ」

張り切った声が、岸辺に響いた。ときおり笑い声も起こる。荷を降ろし終えた弁才船は、川下へ下って行った。

百二十俵の荷を入れても、納屋はいっぱいにはなっていない。

「まだまだ入りますね」

「うむ。商いを広げて、常陸からの荷も仕入れようではないか」

植村の言葉に、正紀は応じた。傍にいる萬次郎と中彦が、大きく頷いた。

そこへ配下を伴って園田が顔を出した。荷が着いて、嬉しいという表情ではない。

慌てている気配が目に浮かんでいる。

「正紀様がおいでになるとは」

驚いた様子だった。

「道中、賊に襲われてな。難渋した」

なぜ荷運びについてきたかなどには触れない。冷ややかな口調で応じた。

「それはそれは」

どのような顚末になったのかと、園田は胸の内で思案したはずである。しかしここまでは、したたかな狸として、明らかな動揺は示さなかった。

「それでな。鎌ヶ谷宿を過ぎたところで、その者らを捕えた。中には鵜川を始めとする当家の藩士が四名加わっておった。また江戸の都倉屋の番頭弥七もおった」

「……………」

それを聞いて園田は顔を蒼ざめさせた。目尻が一瞬引《ひ》き攣《つ》ったのを、正紀は見逃さなかった。

「陣屋へ戻れ。その方には、追って沙汰をいたす」

正紀は、少し強い口調で命じた。理由については触れなかったが、向こうも問いかけてはこなかった。

園田は、足早に陣屋へ引き取った。

「荷を守れ。高岡河岸を、栄えさせねばなるまい」

中彦に告げた。

正紀は、ここに長居をするつもりはない。上りの船を停めて、植村と乗り込んだ。萬次郎は、商いを続ける。

木颪河岸で降りた正紀と植村は、旅籠に泊まった。すでに夕暮れどきだ。ここでようやく、足を伸ばして眠ることができた。

翌朝、正紀と植村は、空が明るくならないうちに旅籠を出た。まだ後始末は終わっていない。行徳にいる鵜川ら高岡藩士と弥七を、江戸へ運ばなくてはならなかった。

行徳に着いたのは、そろそろ九つになろうという刻限だった。まずは荷が、無事に高岡河岸についたことを長兵衛に伝えた。

「ほっといたしました」

商いはこれからが勝負だが、ともあれ下り塩仲買の事業は滑り出した。長兵衛にしてみれば、勝算がないわけではない。商人としては、名うての者だ。

「苫《とま》付の船を、用意しています」

青山はそう告げた。船上を苫で覆った船だ。鵜川ら四人と弥七、それに清岡の遺体も乗せる。江戸の佐名木には、詳細を記した文を昨日の内に送ったと付け足した。

青山は、やることにそつがない。

「佐名木様は、亀戸《かめいど》の下屋敷においでになっているようです」

鵜川らは、下谷広小路の上屋敷には運ばない。亀戸の下屋敷ならば江戸のはずれだから、目立たない。ここには、堅牢な牢舎も設えられている。

捕えた者たちを、船に乗せた。鵜川らは、水は飲んだが食事はとらなかったという。舌を嚙まれては意味がないので、無理強いはしない。猿轡を嚙ましたままだった。

船は川面に滑り出た。新川を西へ向かう。人だけが乗る船だから、勢いがついている。いくつかの荷船を追い越した。

合流する中川の先に、船番所の建物が見えた。ここまで来ると、江戸へ戻ってきたという気がする。小名木川に入って、さらに西へ向かった。

真っ直ぐな川筋だ。

冬の日は、落ちるのが早い。あれよあれよという間に、西空が黄色味を濃くした。苫で覆われた船は、交差する横十間川《よこじつけん》に入った。ここからは、北へ船首を向ける。

しばらく進んだところで、船は船着場に停まった。ここには高岡藩の中間が、待っていた。船の艫綱を結ぶと、すぐに下屋敷へ駆けた。到着を知らせるのである。

鵜川ら五名を降ろし終えたところで、数名の藩士がやって来た。それぞれの縄尻を取って、下屋敷内に入れた。

夕暮れどきで、この場面を目にした近隣の者はいなかった。

「ご苦労でございました」

佐名木が、玄関式台で正紀らを迎えた。ねぎらいの言葉はあったが、歓談というわけにはいかない。すぐに吟味を始める段取りだった。

五人は別々に取り調べを行う。

まず佐名木と正紀が尋問したのは、弥七だった。

「その方は、間違いなく死罪だ。武家を使って人を襲い、荷を奪ったわけだからな。覚悟を決めよ」

そこで弥七は、ぶるっと背筋を震わせた。それにかまわず佐名木は、言葉を続ける。

「指図をしたのは、都倉屋であろう。大和田屋も関わっていたはずだ。清岡も、襲撃の場にいたわけだからな」

弥七は首を横に振った。主人を守ろうとしたのである。佐名木は続けた。

「まあ良い。その方の証言がなくても、都倉屋藤左衛門と大和田屋粂右衛門は捕えられる。その方と清岡が、襲撃に加わっていたことは明らかだからだ。しかしな、あやつらは狸だ。指図はしていない、その方と清岡が勝手にしたことだと言い逃れようとするかもしれぬぞ。となると、あの者たちは、死罪にはならぬ。命を奪われるのは、その方だけだ。それでよいか」

この言葉で、弥七の顔が歪んだ。

「ううっ」

と呻き声を漏らした。

「その方には、女房と子どもがいるそうだな。そうやって庇《かば》ったお前が死んだあと、都倉屋藤左衛門はその方の女房と子どもを守ってくれると思うか」

そう告げると、体を震わせた。弥七に女房と幼い子がいることを、屋敷に入ってから、正紀は佐名木に伝えている。

「正直に白状すれば、高岡藩が女房と子を身の立つようにしてもよいのだぞ」

この佐名木の言葉で、弥七はがくりと肩を落とした。

「や、やれって、命じられました」

都倉屋と大和田屋が手を組んで、伊勢屋を奪い取ろうとしたこと、そのために積んである醤油樽を崩して、杵造に萬太郎を殺させたことも白状した。

「杵造を殺したのは、清岡だな」

「そ、そうです。あいつは口止め料を寄越せと、脅してきました」

伊勢屋を奪い取ろうとした顚末が、こちらが予想していた通りであるとはっきりした。

「高岡藩の陣屋へ行ったのも、その方だな。国家老の園田に、助力を求めたはずだ」

「は、はい。うまくいったら、都倉屋が高岡河岸を使うということで話をつけました」

ここまで聞けば、筋道は明らかになった。そこで次は、捕えた藩士に当たることにした。

ところがここで、国許から思いがけない知らせが入った。至急の文が届いたのである。正紀が書状を開いた。

「園田頼母が、腹を切ったそうだ」

読み終えたところで、佐名木と傍にいた植村や青山に伝えた。

河岸場で正紀は、園田と短い会話を交わした。園田は、あれで言い逃れはできないと覚悟したらしかった。荷が河岸についた段階で、企みが潰《つい》えたことは明らかになっている。

その上で、鵜川ら四人の者に問い質した。園田切腹の報は、それぞれの者たちに衝撃を与えたらしかった。

園田の命によって、塩の荷の襲撃をなしたことをすべての者が認めた。

六

桜井屋の荷を襲撃した者として、高岡藩は弥七と清岡の遺体を北町奉行所へ引き渡した。町奉行所は、道中奉行と共同で調べに当たった。

弥七は吟味で、都倉屋藤左衛門と大和田屋粂右衛門に命じられたと伝えている。清岡の遺体は、大和田屋が事件に関わったことを証明していた。

さらに弥七は、萬太郎や杵造殺しについても触れた。

藤左衛門と粂右衛門は、予想通り弥七への指図を否認した。しかし凶行を当初から調べていた山野辺は、その詳細を文書にして示した。状況は、二つの殺害について、二人の関与を伝えている。弥七の証言は、真実として認められた。

番頭一人の思慮で、ここまでの犯行ができるわけがなかった。

破れかぶれになった藤左衛門は、犯行には高岡藩の国家老や一部の藩士が加わっていたことを口にした。しかし弥七は、それを否認した。

「清岡様と旅の浪人、破落戸を使って為したことでございます」

弥七は女房と子どもが、佐名木の世話になることを頭に入れて、関与がなかったとしたのである。藩では、園田については病死として処理をしている。

嫡子である正紀が無届けで江戸を出たことについては、触れられなかった。

弥七と藤左衛門、それに粂右衛門は死罪と決まった。二つの店は、闕所《けっしょ》となる。

霊岸島の河岸で積み上げた醤油樽が崩落した武蔵屋太平は、島流しになるところだったが、それは免れた。ただ犯罪に利用されたのは事実だから、三十貫の過料を取られた上で放免となった。

死罪になった三名の者の縁者には、累罪が課せられた。江戸十里四方追放という刑である。

佐名木は刑の言い渡しがあった翌日、小伝馬町《こでんま》の牢屋敷へ足を向けた。山野辺に頼んで、弥七と会えるようにしてもらったのである。

「女房と子どもは、高岡へやる。かの地の商家へ奉公をさせよう。江戸にはいられぬが、母子《おやこ》は生きていけるであろう」

そう伝えると、弥七は滂沱《ぼうだ》たる涙を流したという。

正紀と京は、朝になって正国夫婦と共に仏間で読経を上げた。正紀と顔を合わせると、京は向こうから挨拶をしてきた。とはいっても、親しげな表情をしたわけではなかった。

鵜川らの吟味を済ませて、正紀は昨日亀戸の下屋敷から、下谷広小路の上屋敷に移った。その時点で、正紀は京に会って自らの口で決着までの流れを説明している。

園田の切腹は、高岡藩にとっては大事件といえた。すでに話は耳にしているはずだが、京には直に伝えることが大事だと正紀は判断していた。

「お疲れ様にございます。無事のお帰り、祝着《しゅうちゃく》でございました」

京は言った。高岡藩井上家の跡取りとしての役割を果たした点について、ねぎらいの言葉を発したのである。

事情を伝えてしまうと、もう話すことがなくなってしまった。京も他に何かを言おうとしたが、言葉にはならなかったようだ。互いにぎごちなさが消えていなかった。好いて好かれて、一緒になった夫婦ではない。祝言を挙げるまで、何度か言葉を交わしただけの間柄である。

一度こじれると、修復は簡単にはいかない。

夜になっても、正紀は京の部屋へ行かなかった。いや、行けなかった。

そして昼前に、今尾家の母乃里から使いの侍女が正紀のもとへやって来た。

「奥方様より、お預かりしてまいりました」

箱書きのある茶碗の入った桐箱だ。開けると、赤の楽茶碗が入っていた。

「これは、母が大事にしていた茶碗ではないか」

正紀にも、見覚えのある品だった。本阿弥光甫《ほんあみこうほ》の作だと、記されている。名品といってい い。

短い書状が添えられていた。正紀が、京のためにこれで茶を点ててやればいい。二人で永く使えと、記されていた。

「おお。母上は、気にしてくだされていたのか」

今尾屋敷を訪ねた折に、つい愚痴《ぐち》を漏らしてしまった。助言を求めたが、「己で考えよ」とあのときは切り捨てられた。

「うむ」

侍女が帰ったあと、正紀は赤の楽茶碗をじっと眺めた。どこか京が手放した黒の楽茶碗と形が似ている気もした。

母はそれで、選んだのかもしれない。

そこで正紀は、これで茶を点てようと考えた。奥の侍女を呼んで、今日の昼八つ(午後二時)に茶室へ来るようにと京に伝えさせたのである。

一服進ぜたい。という意図だ。

幸いその日の午後は、用事がなかった。

正紀はまず、自分で茶室と周辺の庭の掃除をした。その間に、植村に菓子を買いに行かせている。炉に炭を置き、火を熾《おこ》して湯を沸かした。

茶花には、南天《なんてん》の葉と白い侘助椿《わびすけつばき》を活けた。

「はたして京は、茶室へ来るか」

支度を済ませた正紀は、水屋に座って耳を澄ませた。少し心の臓がどきどきした。微かな痛みを伴っている。

幼少から大名家の子弟として、大まかな作法は学んでいる。稽古もしてきたが、京のように、茶の湯に熱心に関わってきたわけではなかった。点前に、不安がないわけではない。ただもてなし、楽しませたいという気持ちは大きかった。

そして足音が聞こえた。女の足音だ。躙口《にじりぐち》の戸が開かれた。衣擦れの音がして、京が座に着いたのが分かった。正紀はそれで、茶道口の手前に水差しを置いた。

正座して、気持ちを落ち着かせる。

小さく咳《せき》をして、襖に手をかけた。横に引いて開けると、ここで黙礼をした。水差しを運び、続けて茶器を手にする。そして正紀は、亭主の座についた。

湯の音が、静かに部屋の中に響く。京の目が、自分に注がれているのがよく分かった。緊張があるが、それがどこか心地よくもあった。

赤の楽茶碗に、緑の薄茶が点てられる。

「どうぞ」

正紀は畳の上に差し出した。

「この茶碗は、今尾のお母上さまのものでございますね」

手に取った京は言った。見覚えがあるらしかった。

「そうだ。二人で永く使えと告げてよこしたのだ。その一碗の茶は、おれのそなたへのもてなしだ」

「まあ」

京の白い整った顔に、微かな赤みが兆《きざ》した。掌に置いて、碗を回してから口につけ茶を飲み干した。

「おいしゅうございます」

飲み終えると、京は口元に笑みを浮かべて正紀の顔を見た。

本作品は書き下ろしです。

双葉文庫

ち-01-30

おれは一万石《いちまんごく》

塩《しお》の道《みち》

2017年10月15日　第1刷発行

【著者】
千野隆司《ちのたかし》
©Takashi Chino 2017

【発行者】
稲垣潔

【発行所】
株式会社双葉社
〒162-8540 東京都新宿区東五軒町3番28号
［電話］03-5261-4818(営業)　03-5261-4840(編集)
www.futabasha.co.jp
(双葉社の書籍・コミックが買えます)

【印刷所】
大日本印刷株式会社

【製本所】
大日本印刷株式会社

【CTP】
株式会社ビーワークス

【表紙・扉絵】南伸坊
【フォーマット・デザイン】日下潤一
【フォーマットデジタル印字】恒和プロセス

落丁・乱丁の場合は送料双葉社負担でお取り替えいたします。
「製作部」宛にお送りください。
ただし、古書店で購入したものについてはお取り替えできません。
［電話］03-5261-4822(製作部)

ISBN978-4-575-66855-1 C0193
Printed in Japan